동 그 라 미 에   갇 히 다

동남문학회 지음

동남 문학마당 동인

초판 발행 2020년 12월 11일
지은이 동남문학회

펴낸이 안창현 **펴낸곳** 코드미디어
북 디자인 Micky Ahn **교정 교열** 최기주
등록 2001년 3월 7일
등록번호 제 25100-2001-5호
주소 서울시 은평구 갈현로 318-1 1F
전화 02-6326-1402 **팩스** 02-388-1302
전자우편 codmedia@codmedia.com

ISBN 979-11-89690-43-4 03810

정가 12,000원

이 책의 판권은 지은이와 코드미디어에 있습니다.
잘못 만들어진 책은 교환해드립니다.

동남문학 스물한 번째 작품집

동그라미에 갇히다

회
장

인
사

고난 속에서 피는 꽃

　각자의 우물에서 두레박으로 퍼담은 물처럼 진솔하고 다양한 이야기들을 쏟아내어 한 권의 책으로 출간되어 기쁘고 행복합니다. 코로나19로 인해 마음놓고 외출할 수 없어 미스터트롯에 빠질 때 문학인들은 갇힌 공간에서도 사색에 빠져 글로나마 삶의 고단을 풀어낼 수 있어서 조금은 위로가 되지 않았나 생각하는 한 해였습니다. 안일균 시인의 등단과 양미자 시인의 첫 시집 출간이 동남문학의 위로였으며 회원 여러분의 절실한 문학수업이 무엇보다 기쁨이 되었습니다. 마스크 쓰고 묶어낸 동인지인만큼 그 어느 때보다 값지고 자랑스럽지 않을 수 없습니다. 회원 한 분, 한 분께 감사드리며 아름다운 추억으로만 기억되는 동남문학회가 되었으면 합니다.

동남문학회 회장 정정임

잃어버린 2020년 혼돈 속에서

지연희(시인, 수필가)

어느 해보다 힘겨운 시간을 보낸 동남문학인들이다. 코로나19 바이러스의 창궐로 많은 시간 휴강을 해야 했으며, 수업이 시작되었음에도 강의실 수업에 참석하지 못한 회원들이 적지 않았다. 2020년의 한 해는 혼돈의 연속이었음을 부인하지 못한다. 대한민국뿐 아니라 전 세계적 팬데믹 현상에서 벗어날 수 없었던 아픔의 해이다. 지구촌 모든 생명체의 소멸을 예감하게 하는 현상으로 우리 모두는 공포 속에 살지 않을 수 없었다.

잃어버린 2020년이다. 무엇을 쉽게 계획하고 설계할 수 없는 상황 속에서도 꿋꿋하게 수업에 임해주신 여러분께 감사드리지 않을 수 없다. 또한 좋은 작품을 써서 의욕을 진작시켜주신 분들이 있어 한

해를 무사히 마감하게 되었다. 동남문학회의 21년 역사를 이끌어온 모든 동남문학인들이 있어 동남문학은 건재하다. 하루빨리 코로나 19 바이러스가 사라져 정다운 얼굴 마주하던 지난 시간처럼 회복되기를 기도하고 있다.

　문학은 한 개인의 창달을 위한 창작행위가 아니다. 너와 나 우리 모든 사회를 통합하는 정화수와 같은 역할을 담당하고 있다. 한 편의 시, 한 편의 수필이 독자에게 미치는 영향은 무궁하다. 2021년의 새 희망으로 활기차게 일어서 대한민국 문학인들이 충분한 환경에서 사명을 다할 수 있기를 기대한다. 정정임 회장의 애정 어린 치밀한 소임이 회원들에게 많은 위로가 되었다.

Contents

Contents

김태실

앞을 향해 걸어가는 삶이 축복이다.
햇살과 함께 즐겁게 간다.

+ 시 작품 | 파랑새 | 제가 할 수 있을까요

+ 수필 작품 | 바가지 | 철새

PROFILE

2004년『한국문인』수필 부문 등단. 2010년 계간『문파』시 부문 등단. 한국문인협회, 계간『문파』
이사. 계간『문파』편집위원. 국제 PEN클럽 한국본부, 한국수필가협회, 가톨릭문인회, 수원문인
협회 회원. 동남문학회 고문. 해야학교 문예반 강사. 수상 : 제3회 동남문학상, 제8회 한국문인상,
2013년 한국수필 올해의 작가상, 제7회 문파문학상, 제34회 한국수필문학상, 제7회 월간문학상.
저서 : 시집『그가 거기에』. 수필집『기억의 숲』『이 남자』『그가 말 하네』.

파랑새

큰 바위 얼굴을 향해 떠난 여린 날갯짓

모퉁이를 돌 때마다 꽃을 만나

모래 알갱이에게 돌의 집을 묻고

자갈밭 뒹굴며 다다른 곳

연못가 부들이 바람에 흔들리는 이유

만개한 꽃그늘 아래에서 꽃을 보지 못하던 눈

발을 잃어버린 신이 돌아오고

모음과 자음이 지남철처럼 손을 잡아

번개 번쩍이며 내보이는 얼굴

가슴에 새긴 염원과 닮았다

파랑의 금빛 윤슬

사리 하나

내리치는 광선에 닿는다

제가 할 수 있을까요

해야학교 학생들은 어딘가 조금 아픕니다

섬 한쪽이 움푹 파여 떨어져 나간 흙과 나무뿌리를 남아있는 섬이 자꾸 불러요
오래전 잃어버린 걸음은 바퀴로 대신하고 꾀꼬리는 숲속 깊이 숨어 갈매기 목소리로 노래해요
흔들리며 느리게 걷는 친구는 새처럼 공기를 가르며 달리는 중이지요
우리는 날 세운 벽을 갖고 있지 않아요
들국화처럼 혼자 있어도 동산의 한줄기 맑은 공기와 어울려 살아요
짧은 들숨 날숨으로 인생을 읽고 침묵의 언어로 삶을 지어요

제가 할 수 있을까요
그럼요 잘 할 수 있어요

잃어버린 균형 속에 깊은 바다를 유영하는 고래를 불러들여 시詩가 내게서 걸어 나와요
거품처럼 일어나는 수국꽃을 피워요

한 사람으로 무엇이든 할 수 있다는 걸 알았어요

누구도 대신해 줄 수 없는 나만의 개성 있는 하루를 살거든요

누구에게나 똑같이 주어진 스물네 시간을 살거든요

햇살은 오늘도 나를 비춰주거든요

불가능, 그건 우리를 대신하지 못해요

아주 잘 하고 있어요

바가지

하찮아 보이는 물건 하나가 사람과 함께한 세월은 가난과 질곡의 세월이다. 괴로움과 슬픔도 그 안에 녹이고 즐거움과 기쁨도 그 안을 통과한다. 자신에게 맡겨지는 일이 크던 작던 그대로 수용하는 순명의 자세, 세상의 평안을 지키는 일이다. 쓰임을 받는 적재적소에서 보람을 느끼고 더불어 삶의 평안을 지킨다. 그 속에 담긴 깨달음은 어떤 설법보다도 깊다. 보상도 없이 묵묵히 제 할 일만 하는 바가지가 면벽 수도승이다.

계절의 빛에 잎이 시들해지면 박은 제 모양을 갖추며 익는다. 풀밭을 뒹굴던 열매는 시간이 지날수록 영글어 어머니 탯줄에서 떼어내듯 분리한다. 줄기를 떠나온 박은 두 쪽으로 갈라져 생명처럼 지키던 속의 것을 내주어야 한다. 펄펄 끓는 소금물에 쪄지며 더욱 단단해지는 정신, 달궈지고 달궈지며 완성을 향해 나아간다. 익혀진 몸은 안팎으로 껍질 벗는 아픔도 겪는다. 뼈를 깎듯 몸을 긁어내는 시간이다. 자신을 감쌌던 보호막을 말끔히 벗고 시원한 바람에 말려지는 구도의 길, 인고의 시간을 거치면 물기 하나 스며들 틈새 없이 쫀쫀하게 결속된다. 입적에 든 수도승처럼 무념무상이 되어 비로소 바가지로의 소명을 부여받는다. 담금의 세월을 벗어난 일상의 시작이다.

어머니 손에 들린 바가지는 여느 것과 달랐다. 반들한 껍질에 비해 속은 유난히 거칠었다. 온갖 것을 담고 쏟으며 소임을 다하는 바가지는 어머니와 한 몸이었다. 일곱 자식 키우는 막막함과 외곬 남편과의 불통도 손에 든 바가지와 함께 했다. 쌀독에서 쌀을 퍼내거나 음식 재료를 담고 가마솥에 물을 푸는 일까지 충실한 하루를 같이했다. 어머니의 손에 들린 바가지는 안다. 힘겨운 마음과 편안한 마음의 경계를. 그 마음을 읽으며 조용히 침묵한다. 빅터 프랭클은 "고통스러운 감정은 우리가 그것을 명확하고 확실하게 묘사하는 바로 그 순간에 고통이기를 멈춘다."고 했다. 부드러운 봄빛의 햇살이든 한파의 고독이든 참선하듯 견뎌야 하는 서로 닮은 삶, 태어난 것도 하늘의 뜻이고 사라지는 것도 때가 있다는 진리를 가슴에 품고 묵묵히 길을 간다.

가슴속 모든 것을 내어 놓고 어디 하나 흠 없는 바가지가 하루아침에 사라져야 하는 때가 온다. 다른 사람의 행복한 삶을 위해 과감히 몸 바치는 희생이다. 결혼을 앞둔 신랑 측 함진아비가 신부 집에 첫발을 디딜 때 바가지를 한 번에 깨는 의식이 있다. 구둣발에 무참히 부서져 생을 마감하지만 그것은 새로운 가정의 축복을 위한 노래다. 산산조각 흩어지는 소리는 어떤 팡파르보다 맑고 아름답다. 왁자한 웃음에 섞여 퍼지는 소리, 그 소리에 온갖 잡귀가 놀라 도망간다는 우리의 풍습이었다. 결혼 전, 미지의 세계에 대한 두려움을 안고 있었다. 박이 부서지며 내는 소리와 왁자하게 들려오는 친지들의 소리를 들으며 가슴 두근댔다. 철없던 신부는 수십 년을 건너와 지난날을 돌아본다. 까마득한 그때, 세상을 알지 못하던 순수한 시절, 맑은 이슬처럼 영롱한 신혼의 꿈은 바가지가 바친 희생의 덕이리라.

항아리에 표주박이 동동 떠있다. 굴곡 있는 몸매로 풍류와 어울린다. 글을 읽고 학문을 깊이던 선비들의 모임도 함께 했지만 주막의 동동주 위에 올라앉는 게 제격이다. 휘휘 저은 술 한 잔 떠서 주거니 받거니 건네는 손길에 온몸이 절여진다. 취기 오른 사람들의 하소연을 들으며 어느 생이나 큰 차이가 없다는 답을 발견한다. 때론 웃고 때론 눈물 흘리는 사람들의 고달픔을 들으며 바가지는 자신의 삶을 생각한다. 잘리고 갈라져 끓는 물에 삶아진 삶. 바깥과 안쪽을 긁히면서도 '아야' 소리 한번 지르지 않았다. 바짝 말려질 때의 목마름은 어떠했던가. 지난한 시간을 건너고 나서야 고난은 멈춰지지 않았던가. 한참 생의 징검다리를 건너고 있는 고단한 사람들의 딱한 사정을 들으며 바가지는 말한다. 조금만 더 견디라고, 다 지나간다고, 잘 하고 있다고.

바가지는 씨가 많아 생명력과 불변성의 의미를 갖는다. 두드려 악기로도 썼지만 병을 쫓는 굿이나 고사에도 이용되었다. 전염병이 돌면 바가지에 음식을 담아 내놓았는데, 잡귀가 먹고 멀리 가게 하려는 의도였다. 사람이 죽으면 사자 밥을 담아 짚신과 대문 밖에 놓기도 했다. 최소 원삼국 시대부터 사용하기 시작되었을 바가지는 어른 아이 할 것 없이 쉽게 접한 생활 용구이다. 조선시대에 아이들은 색색으로 물들인 호리병박을 차고 다녔는데, 정월 대보름 전야에 남몰래 길가에 버리면 액을 물리칠 수 있다는 속설을 믿고 행하기도 했다. 바가지는 일상생활에 도움을 주고 위로를 주며 사람과 함께 한 고마운 도구이다.

서럽지 않다. 속박되어 살아온 삶이었지만 사람의 손을 잡아 주고 간절한 염원에 아낌없이 몸을 바치는 일이 즐거웠다. 그것이 자신의 삶이라고 받아들인 긍정의 힘이다. 시대가 변하고 세월은 흘러 박 바가지는 장식이나 예술로 거듭 태어나며 겨우 명맥을 유지하고 있다. 논둑이나 밭둑, 툇마루 근처에서 흙냄새를 맡으며 풀과 어우러진 시절은 점점 귀해지고 있다. 천개 만개 똑같이 찍혀 나오는 플라스틱 바가지와 다르게 개성 있고 남다른 매력을 지니고 있는 바가지는 자신의 본성이 좋다. 세월이 흘러도 자신의 종족을 이어주는 사람들이 고맙다. 온갖 고초를 겪어야 하는 삶의 길에서 수도승처럼 불도 한마디 전해준다. 평안과 여유를 갖고 살라고. 함께 할 때 어려움을 이겨낼 수 있다고. 그것이 행복이라고.

철새

    하늘 도화지에 움직이는 그림을 그린다. 어디 하나 비죽 솟아나는 곳 없이 부드러운 선, 가창오리 군무가 화려하다. 일몰의 화폭에 순식간에 바뀌는 거대한 형태, 몸으로 쓰는 언어이다. 수만, 수십만의 헤아릴 수 없이 많은 철새의 군무를 보며 하나하나가 모여 거대한 소통이 된다는 걸 알았다. 어딘가에 소속되어 펼치는 춤은 행복이다. 함께 모여 펼치는 그림은 힘을 발휘하는 삶이다. 집단과 소집단, 개인이 생을 건너며 그리는 춤은 아름다운 군무이다.

    군무는 새들만 추는 게 아니다. 사람들이 펼치는 군무 속에는 즐거움과 감동, 깊은 의미가 담겨 있다. '유쾌한 미망인'은 춤이 춤만으로 존재하지 않고 이야기를 풀어내는 주제가 된다. 19세기 파리가 배경인 오페레타는 국가의 절반을 유산으로 상속받은 은행가의 미망인에 대한 이야기이다. 하루아침에 돈방석에 앉은 여인에게 구애하는 남자들과의 해프닝이 무대를 장악한다. 화려한 의상과 역동적인 군무로 진실과 거짓이 난무하는 오페라, 어떤 악기보다 아름다운 목소리로 관객을 사로잡는 경쾌하고 애절한 느낌이 살아있다. 사람의 심리와 삶에 관한 주제가 오래도록 기억에 남아 세상을 살아가는 철새들의 삶에 지표가 되어 주기도 한다.

    철새의 속성은 겨울을 떠나 따뜻한 곳에 머무는 일이다. 먹이가 풍부

한 계절에 머물다 돌아오는 긴 여정위에 놓여 있다. 나는 듀엣으로 추던 춤을 끝내고 홀로 남았을 때 겨울마다 철새가 되었다. 득득 얼어붙는 한 파, 마음마저 공허한 겨울에 따뜻한 나라를 찾는다. 그곳에는 함께 춤을 출 가족이 있다. 어린 새들과 날개를 파닥이며 놀이공원을 휘돌고 성장한 젊은 새들과 즐거운 곳을 산책한다. 한국에서 함께 간 가족과 미국에 살고 있는 가족과의 파티이다. 코로나도 섬을 방문해 태평양 바다 끝자락에서 가슴을 펴고, 유명 맛집을 돌며 다양한 음식을 접한다. 그것은 가족이 추는 군무이고 행복을 그려내는 언어이다. 쉼 없는 발걸음으로 삶을 표현하는 미국 샌디에이고에서의 군무는 철새의 날갯짓이며 다양한 형태를 표현하는 내 삶의 그림이다.

철새가 이리 날고 저리 날며 함께 하듯이 사람도 철새처럼 어울려 살고 있다. 뜻이 맞는 사람들과 집단으로 같은 방향을 향해 달리기도 하고 소그룹이 한 방향으로 나아가기도 한다. 철새의 군무처럼 아름다운 모양을 만들기도 하지만 때론 삐죽 솟아났다 갈라지기도 한다. 함께 한다는데 의미를 두고 있다가 한순간 떠나는 것은 무엇을 뜻하는 것일까. 살기 위해 따뜻한 나라를 찾는 것이 아니라 살기 위해 얼어붙는 한파도 같이 견뎌야 하는 것이 사람의 본분인데, 미련 두지 않고 형태를 저버리는 상황을 발견하곤 한다. 화려했다가 한순간 꺾이는 정치 철새의 날갯짓을 보며 추락하는 새는 아름답다고 할 수 있는 것인가. 어디를 향한 날갯짓이고 무엇을 위한 삶이었나. 다시는 돌아올 수 없는 길을 향한 것이 철새의 생이다. 보이지 않을 때도 아름다운 날갯짓을 기억할 수 있는 삶을 보여주기를 바라는 건 꿈이기만 한 걸까.

사람은 철새의 숙명을 지니고 태어났다. 어울려 노래를 부르고 춤을 추다가 슬그머니 대열에서 빠져나와야 하는 때가 있다. 날개를 다쳐 날지 못하고 다리가 부러져 뒤뚱거릴 때 어쩔 수 없이 집단에서 떨어지는 경우가 허다하다. 스스로 떠나올 때도 있다. 그런 때는 조용히 사색에 들 때이다. 생각의 깊이를 더욱 깊게 하고 남은 생을 밝은 눈으로 바라보며 어떻게 살아야 할지 고민할 때이다. 집단과 어울릴 때 가졌던 욕심도 내려놓고 자신의 처지에 맞는 소망으로 갈아타야 한다. 지구촌에 발을 딛고 살다가 말없이 지구촌을 떠나야 하기에 한정된 거리 안에서만 쉬는 숨으로 자신의 행복을 이뤄야 한다. 스스로의 삶에 박수를 치며 돌아설 수 있다면, 더욱이 자신의 생의 길에 감사할 수 있다면 무엇을 더 바라겠는가.

가창오리의 군무를 넋을 놓고 바라본다. 순간의 방향 전환으로 꽃이었다, 폭포였다, 한 권의 책이기도 한 형태는 철새 무용수들의 뛰어난 기량이다. 노을 지는 붉은 하늘에 점으로 그려지는 움직이는 그림은 쉽게 볼 수 있는 것이 아니다. 철새 군무를 카메라에 담으려고 금강하굿둑을 찾았을 때가 있었다. 군무 속에 어울리는 새보다 날지 못하고 바닥에 있는 새를 생각했다. 결국은 바닥에조차 없는 누군가를 생각나게 했다. 생을 마감하고 떠난 사람들, 그들도 우리와 함께 어울려 춤을 추던 이들이 아닌가. 언젠가 나도 따뜻한 그곳으로 날아갈 것을 안다. 지금 누리는 날갯짓은 삶이 주는 축복이기에 화폭의 작은 점으로 기쁘게 날고 있다.

최정우

오늘, 한 편의 시를 읽고
오늘, 한 편의 시를 써서
오늘 행복하다.

+ 시 작품 | 갑자기 상상 | 기억 아래로 | 비

P R O F I L E

1965년 경기 안성 출생. 중앙대학교 예술대학원 졸업. 2005년 한국문인 시 부문 신인상으로 등단 현)문파문인협회 사무국장. 한국문인협회 선임위원, 문협80년사 편집위원. 국제PEN클럽, 동남문학회, 수원시인협회 회원. 저서 : 『공저 시간 속을 걸어가는 사람들』 외 다수.

갑자기 상상

이상한 나를 바라본다. 내가 아닌 또 다른
회복된 순서에 맞게
나에게 시를 쓴다.
물에 비추어진 그림자를 바라보며
가벼운 듯 말을 이어 간다 떨어지는 낙엽처럼
고단한 생각이 땅으로 내려앉는다.

알 수 없다는 듯 멀어져 가는 너는
때로는 내 곁에 서서 나를 바라보다 등 뒤에
가려진 그림자가 나를 보듯 놀란
바람처럼 촘촘히 건너온다.

구도에 맞게 모서리에서 가장자리를 지키며
기다리는 상상을 열어 놓는다.
반쯤 열린다.
차가운 슬픔이 내리기 시작할 때쯤
다가설 겨울의 소리가 불어온다.

짤막하게

슬픔의 빈틈을 기다린다.

밤의 시간을 열어놓고 살겠다는

떨어지는 흰빛을 바라본다.

반걸음 물러서서

기억 아래로

무표정한 주름이 고개를 숙이고
기울어진 가로등 아래를 길게 걷는다

걸을 때마다 발에 차이는 시간들이 웃다
굴러간 길모퉁이에 앉아 낡은
피부가 졸고 있다

곁에 앉는다

살아간다는 공간이 지워지고
현실인지 기억인지 모를 이상한 얼굴이 앉는다

마른 기침이 길바닥에 쓰러진다

거칠어진 눈이 굽실 거리다 굶주린
밤은 더 깊이 어둠 속으로 들어간다

허름한 욕망으로 쓰러진

목소리만 차갑게 떠돌다 흘러간

시린 손이 물가에서 물을 씻는다

아직 다 씻지 못한 기억 아래로 또 걸었다

비

비가 내린다
얼마나 비를 바라보아야
내가 비가 될까?
얼마나 빗속에 시가 내려야
내가 시가 될까?

서선아

빨간 단풍잎 하나 주워
나의 가을에게 편지를 쓴다
내년엔 더 고운 색으로 만나자고

+ 시 작품 | 11월에 크리스마스 | 2020년 봄 | 너의 가을은 어떠니?
가을볕 좋은 날 | 할머니의 알사탕

P R O F I L E

대구 출생. 2006년 계간 『문파』 시부문 등단. 저서 : 시집 『4시 30분』 『괜찮으셔요』. 공저 : 『뉘요』
『네모 속의 계절』 외 다수. 수상 : 동남문학상(제5회), 문파문학상(10회) 수상. 동남문학 회장 역임.
대한문인협회회원(문협70년사편찬위원), 문파문학회, 동남문학회, 백송문인회 회원.

11월에 크리스마스

간밤 바람에 다 떨어진 잎새
맑은 하늘을 안고 서 있는 감나무엔
크리스마스 전등이 달려 있다

하늘을 투영한 말간 홍시
좀 더 밝은 빛의 농익은 감
아직 불을 켜지 못한 어린 것까지
등불 되어 매어 있다

나무 아래 소녀
달콤한 홍시 생각에
하늘만 쳐다본다

지나가던 까치 먼저 맛본
11월의 크리스마스

2020년 봄

벚꽃은 눈송이처럼 사방에 날려
봄이 지천인데
어찌 봄 향기가 나지 않는다

눈에도 뵈지 않는 바이러스 무서워
모두 집안에 숨고
분홍 리본 매고 학교 가던 소녀는
TV에서 계절을 보고 있다

언제쯤 새 운동화 신고
가방 메고 뜀박질로 학교 갈까

무심코 닦아오던
달콤한 봄 냄새가
오늘따라 무척 그립다

너의 가을은 어떠니?

국화꽃 전시장
국화향 가득한 한쪽 벽에
너의 가을은 어떠니라고 붙은 현수막

나는 가을이 너무 슬퍼

나는 불타는 가을을
가지고 싶어

나는 아직 가을이 아니야
여름의 끝자락이야

나의 가을은 어떤가

더 실한 열매를 가지고 싶지만
기울어 가는 저녁 해 보듯
가는 계절 붙잡지 못하네

동그라미에 갇히다

가을볕 좋은 날

베란다 쪽마루에
가을볕이 쏟아져 들어온다

여름내 장마에 눅눅해진 이불을 널고
호박이랑 가지도 좀 말리고
고추도 쪄 말려
갈무리하면

눈 오는 겨울날
푸른 바다 같은 가을 하늘을 안을 수 있겠지

축축한 회색빛 내 가슴
가을볕에 말리면 푸른색이 될까

할머니의 알사탕

할머니의 주머니 속엔
늘 사탕이 있었다
심부름하고 나면
아이 착하다
사탕 하나 먹어라

동생하고 싸워서 엄마한테 혼나면
품에 안고 사이좋게 지내라며
입안에 쏙 넣어주던
달콤한 그 맛

내가 할미가 되니
손자들 입안에 달콤한
캬라멜 넣어주는 그 자리에

달콤한 할머니 품이
오늘 문득 그립다
훗날 내 손자들도
내 생각 하겠지

곽영호

이맘때면
나무들은 영혼을 끌어모아 색동옷을 입는데,
허수아비는 가을 옷이 없다.

+ 수필 작품 | 달창 숟갈 | 막걸리 한 잔 | 가을빛 | 풋바심

PROFILE

1943년 경기도 화성 출생. 1998년 계간 『문파』 등단. 저서 : 『나팔꽃 부부젤라』 출간(2014년 수원시 문예진흥 기금지원). 수상 : 2015년 농어촌문학상.

달창 숟갈

감자가 왔다. 감자 골 도지사가 코로나 괴질 때문에 판로가 막힌 농촌을 돕고자 도(道)예산으로 포장과 택배비를 부담하여 판매를 한다. 농민을 걱정하는 진정 어린 애민 사업이다. 시중가격보다 저렴하고 함께한다는 마음으로 며느리가 신청을 했다. 받아본즉 양이 너무 많아 나누는 것이다. 풀어보니 주먹만 한 감자가 싹이 나는 계절인데도 싹도 안 나고 대글대글하다. 농사짓던 사람의 눈이라 흐뭇하다. 어찌 이리 보관을 잘 했을까. 만져보고 보듬어보다가 마음속으로 떠오르는 희미한 상념에 사로잡힌다. 우물가에 앉아 자배기에 달창난 숟가락으로 감자 껍질 벗기던 어머니 모습이 눈에 어린다.

달창난 숟갈은 어머니의 삶에 없어서는 안 될 필수품이었다. 얼마나 썼던지 숟가락은 닳고 닳아 끝은 뾰족하고 바닥은 날카롭게 날이 섰다. 어머니도 감자 농사를 지으셨다. 당시에는 품종이나 비배관리도 부실하고 농사짓는 방법도 옛날 방식 그대로라 수확이 보잘것없었다. 까닭은 밭고랑을 깊게 파고 바닥에 감자를 심고 북을 주는 구닥다리 농법이었다. 오늘날은 투실하게 밭두둑을 만들어 두둑 위에 심는다. 감자는 뿌리에서 결실을 맺는 식물이므로 단단한 바닥에서는 알차게 감자를 키울 수가 없다. 작은 생각이 탈바꿈하기에는 수백 년이 걸렸다. 고정관념은 찰거머리처럼 달라붙어 떨어지지 않는 것이 역사다. 감자 눈이 깊게 박힌 옛날 자주감자는 몸이 매끈하지도 않고 울퉁불퉁하여 껍질 벗기는 데는 달창난 숟가락이 제격이다.

　내남없이 어려웠던 시절 보리곱삶이 밥에 몇 알의 감자가 으깨져 섞이면 미끈거리지도 않고 제법 부드러웠다. 혀끝을 톡 쏘는 알알한 자주감자는 보리밥 끈기와 섞이면 맛도 좋고 푸짐해 입맛에 맞았다. 하지 때 캔 감자는 조금만 지나도 시들 배들 쪼그라들어 껍질 벗기기가 만만치 않다. 물에 불려 물과 함께 벗겨야 했다. 지금처럼 저장시설이 있기를 했나 헛간 바닥에 굴러다니다가 오그라질 데로 오그라지면 오로지 달창 숟가락 몫이다. 잔챙이 알감자 껍질 벗기는 데는 칼도 소용이 없다. 손바닥에 올려놓고 찌그러진 숟갈로 벗겨야 한다. 그것만이 식구들이 여름을 이겨내는 도구요 어머니의 무기였다.

　어머니는 얼굴도 달창 숟갈을 닮았다. 후덕한 인물도 아니고 콧날 오독 눈썹 고운 미인도 아니다. 당신이 평생 무쇠솥에 누룽지 긁고 무 강즙 내고 오이 호박이며 감자 껍질 벗기다가 쪼그라진 달창난 숟가락 같았다. 하회탈처럼 한 번도 벙긋이 웃어 본 적도 없고 그렇다고 고개 외로 꼬고 한숨짓는 모습도 아니다. 햇볕에 그을리어 까만 얼굴에 쪼글쪼글 깊게 파인 주름뿐이었지만 입술은 언제나 옹다물었다. 어머니의 일상은 밀려드는 파도처럼 거칠었다. 힘이 들어 허리가 휘어도 울지는 않았다. 자식들의 배고픔을 해결하기 위해 짜글짜글 주름이 잡혀도 부끄러워하지도 마다하지도 않았다.

　어머니가 세상을 떠나던 계절도 감자 주름이 시들어 가던 늦가을에 생을 놓으셨다. 사람이 다섯 가지 복 가운데 하나가 고종명이다. 자기 명대로 살다가 죽음을 어떻게 맞아 삶의 빗장을 걸어 잠그느냐가 최후의 문제다. 유교 사회 집성촌에서는 일은 남 한테 시켜도 상례만은 집안끼리 치르는 것이 관례였다. 집안 어른들의 지시대로 오른손으로 어머니 턱을 괴고 왼손으로 눈을 덮어 일가친척 모두가 지켜보는 앞에서 임종을 맞았다. 내려다 본 어머니의 마지막 얼굴은 여실 없는 달창난 숟가락 같았다. 어른들이 임종 바로는 귀가 열려있으니 울지 말고 하고 싶은 말을 하라고 했다. 나는 아무 말도 못 했다. 서럽고 안타까운 여운만 남기고 온기 잃어 차가워지는 몸으로 떠나가셨다.

당신이 쓰다가 두고 간 반 토막 난 누런 달창난 놋쇠 숟가락이 우리 집 유물이 되었다. 어머니를 상징하는 표상이다. 요즈음 세상 감자 까는 칼이 허다한데 누가 달창난 숟갈을 쓰냐고 이사 올 때 버리고 가자고 해도 막무가내로 내가 챙겼다. 들에 나갈 때 창호지 문고리에 꽂고 다니기라도 했지만 도시에서는 뭐에 쓰냐고 아내는 투덜거렸다. 어머니 저세상 가실 때는 영정사진도 없었다. 동네 담벼락에서 쪽머리 흩뜨리고 찍은 주민등록사진을 확대해서 썼다. 눈 감고 찍은 볼품없는 흑백사진도 감자 까다 닳아빠진 달창난 숟가락 같았다. 간직한 숟가락을 볼 때마다 아련하게 그 시절이 떠올라 어머니를 생각하게 한다.

어머니 시절이 생각나서 어머니 숟갈을 찾아다가 감자 껍질을 벗겨본다. 아내는 감자 까는 칼로 쉽고도 경쾌하게 벗긴다. 저절로 벗겨지는 기분이다. 어머니 숟갈로 내가 직접 해보니 힘만 들고 능률이 오르지를 않는다. 깊게 파이고 거칠거칠 고르지도 않다. 감자 까는 칼로 매끈하게 깎아 놓은 것하고는 차이가 확연하다. 어머니 손놀림을 지켜볼 때는 그렇게 쉬워 보였는데. 감자 껍질 벗길 때도 어머니는 참 힘드셨겠구나 하고 이제 와서 느낀다. 밥 한 끼 해 먹는 것도 험한 농사일만큼이나 어렵게 살아오신 어머니다. 그 세월을 어찌 사셨는지. 쓰시다 놓고 가신 달창난 숟가락은 이제 쓸모가 없어 버림받는 퇴물이지만 푸르게 녹슨 얼룩은 사라지지 않는 어머니의 눈물자국이다.

자식이 어머니를 그리워하는 정, 모정母情은 강물이 되어 흐른다. 흐르는 물도 굽이 칠 때 머물다 가고 휙 지나가는 바람도 모퉁이에서 잠시 쉬어가듯 어머니는 늘 내 곁에 머문다. 꺼져가다 다시 살아나는 모닥불처럼 되살아나기도 하고, 때로는 장독대 묵은 된장 냄새처럼 은은하게 스민다. 어머니 정은 시커멓게 때 묻어 켜켜이 달라붙은 문 창호지처럼 떨어지지를 않는다.

사람은 숟가락이 계급이다. 첫돌 때 부모가 주는 전통 선물이 숟가락이다. 제아무리 궁핍해도 숟가락만은 장만해 주는 것이 전통 관례다. 그 수저로 성장을 한다. 성년이 되어 결혼을 하면 신부는 숟가락 한 벌과 이불 한 채가 필수다. 숟가락과 이불이 삶의 바탕이기 때문이다. 나도 받았다. 수저 바탕에 '복 복福'자가 새겨진 은수저다. 나의 숟가락이므로 언제나 나의 자리에 놓였다. 나에게도 삶의 끝이 보이나 보다. 수저 바닥에 새겨진 복福 복자 문양이 닳아 없어지고 있다. 내가 나의 삶을 무참히 핥았다는 증거를 보여준다.

사람은 이유식을 먹을 때부터 숟가락과 함께 평생을 같이 한다. 모지랑 숟갈이든 금수저든 하등에 상관이 없다. 한 숟가락의 밥이 하루의 삶을 이어준다. 숟가락을 놓는다는 것은 죽음이다. 숟가락을 들을 수 있는 것이 살아있다는 증거다. 콕콕 찍어 먹는 포크보다 국물까지 함께 담아 모든 것을 아우르는 것이 숟가락이다. 인생에서 가장 치열하게 싸우는 이유는 숟가락질을 하기 위해서다. 옛말에 "눈물은 내려가고 숟가락은 올라간다." 했다. 아직도 우리 집 달창난 누런 놋쇠 숟가락에는 어머니의 눈물이 고여 있다. 하도 오래 써 초승달처럼 닳아진 숟가락이 우리 집 역사를 말해주고 대변한다. 어머니의 슬픔이고 아픈 기록이다. 오래오래 간직해 어머니를 되새겨야 할 어머니다.

막걸리 한 잔

'집 콕'을 한다. 장마가 50여 일이 넘게 오고 태풍이 세 개씩이나 연달아왔다. 몹쓸 괴질 때문에 추석에 고향에도 못 간다. 이런 해가 어디 있나. 경자 년庚子年 귀퉁이라도 쥐어박고 싶은 심정이다. 애꿎게 TV만 고생을 한다. 새벽부터 방송이 끝날 때까지 고뿔 앓는 아이처럼 열이 펄펄 끓는다. 먹는 방송만 한다고 비난하였는데 요즈음은 '트롯트' 방송이 대세다. 이 채널을 틀어도 트롯트 저 채널을 돌려도 트롯트다. 원곡자가 있는 〈막걸리 한 잔〉 노래를 어느 젊은 신인 가수가 우렁차게 불러 광고 모델이 되어 종횡무진 한다. 이 따분한 시절 〈막걸리 한 잔〉 유행가가 판을 친다.

노래 가사에 우리네 일상 희로애락이 담겨 곱씹어진다. 마음을 찌르는 곡진이 있어 아프다. "막걸리 한 잔, 온 동네 소문났던 천덕꾸러기, 막내아들 장가가던 날, 앓던 이가 빠졌다며 덩실 더덩실 춤을 추던 우리 아버지" 기쁨과 서러움이 엇갈린 부모의 애타는 마음을 여실하게 보여준다. 사랑과 미움을 막걸리 한 잔이 후련하게 씻어준다. 나도 그랬으면 하는 부러운 마음이 간절하다. 나의 가슴에 뭉쳐 계륵처럼 오르락내리락 거리는 걱정은 언제쯤 씻겨 나를 시원하게 해줄까. 막걸리 한 잔 유행가가 부르짖는 사연이 내가 바라는 그대로다. 나도 같은 병을 앓고 있는 아버지인가 보다.

〈막걸리 한 잔〉 노래가 남정네들 애환을 말해준다, 나도 평생을 술에 젖어 살아왔다. 서양 속담에 한 가지 일만을 연속적으로 하게 하는 것이 가장 치욕적인 형벌이라 했다. 농사일은 하루 종일 한 가지 일만 하게 된다. 낫질이면 낫질, 삽질이면 삽질, 처음부터 끝까지다. 참고 이겨내기가 매우 힘들고 버거워 싫증 나게 하는 가혹한 작업이다. 고통을 이겨낼 수 있는 묘약이 막걸리 한 잔이다. 그런 연유로 일찍이 술을 배웠고 술에 의존하여 살아왔다. 마음대로 할 자유가 없던 일제강점기 시절부터 위정자들은 집에서 만들어 먹는 막걸리를 만들지 못하게 악랄하게 막아왔다. 자유를 얽매고 구속했다.

당시 농촌에서 가장 무서운 법이 주세법이었다. 식량 절약이 위정의 최대의 목표라 술 빚어 먹는 것을 저승사자처럼 막았다. 그러나 어쩌겠나. 고된 농사일을 하려면 술이 반드시 필요한데. 양조장 술은 돈도 없고 구하기가 용이하지 않았다. 하는 수 없어 술을 담아 허름한 소 두엄자리에 묻기도 하고 별별 짓을 다 한다. 단속 공무원은 총명한 사람들이다. 시골에 어수룩한 아낙네들이 하는 짓은 보지 않아도 훤히 꿰뚫어 손금 보듯 한다. 냄새나는 술은 주머니에 송곳 삐져나오듯 한다. 단속원들은 귀신같이 술 항아리를 찾아내어 적발하고 형편이 휘청하도록 벌금을 물렸다.

막걸리는 사람뿐만 아니라 뭇 생명들도 좋아한다. 한번은 두엄자리에 묻어둔 술독을 소가 고삐를 풀고 찾아내어 통째로 마셔버렸다. 술 먹은 소는 인사불성 극락에 갔다 왔다. 어스럭송아지가 쟁기질을 하면 기단하여 쇠죽을 못 먹는다. 농부는 자기가 먹을 막걸리 한 사발을 뿌려주면 소는 쇠죽을 먹는다. 농부의 마음이다. 돼지는 술이라면 혼탁을 하고 술 찌꺼기 먹은 닭도 행복하게 오수를 즐긴다. 술 취한 개라지만 개는 술을 반기지 않는다. 뭇 벌레 벌 나비 모두가 술에 달려든다. 그들도 술이 좋은가 보다. 당산나무 노거수한테 마을의 안녕을 비는 제사를 지낼 때도 흠뻑 뿌려주는 것이 막걸리다.

막걸리는 정성이고 솜씨 맛이다. 집집마다 막걸리 맛이 다르다. 어느 집은 칼로 베어 먹을 정도로 텁텁하고, 어느 집은 맑고 청량하여 술꾼들 입맛을 홀딱 반하게 한다. 코 아래 진상이 제일이라고 상대의 마음을 사로잡으려면 좋은 술을 함께 마시는 것이 가장 효과적이다. 농촌에선 막걸리 맛이 좋은 집은 일꾼 섭외하는데 영향이 지대하다. 술맛이 형편없는 집은 기피하게 되고 막걸리 맛이 좋다고 정평이 난 집은 비록 품앗이 일지라도 일꾼 얻기가 용이했다. 아내는 인물은 좀 빠져도 막걸리 빚는 솜씨는 제법 괜찮아 나를 힘들게 하지 않았다. 나는 인물보다 막걸리 맛을 택했나 보다.

동호회 동년배 할머니 한 분이 있다. 나, 술 먹는 꼴을 보고는 너무 수준이 없고 촌스럽다며 서울에 가서 시대의 음주문화를 보여주겠다고 홍대 거리를 가자고 한다. 처음엔 사양을 하다가 내 나라 첨단의 거리를 모르는 것도 창피할 것 같아 동의를 한다. 먼저 월드컵경기장 옆에 있는 하늘공원을 보여준다. 아름답고 어마어마한 풍경에 놀란다. 너는 세상이 이토록 변하는 동안 뭘 했냐며 쓰레기 산 억새가 꽃으로 때린다. 경이로

움에 넋이 나간다. 점심때가 훨씬 지나 홍대 거리로 왔다. 배도 고프고 술이 고파 술 좀 먹자고 작적을 한다. 퓨전 막걸리 집, 열두 가지 과일을 넣어 빚은 술을 빛깔로 마신다. 간에 기별도 안 가고 내 취향이 아니다. 영원한 촌뜨기는 아내가 빚은 막걸리가 그립다.

추석이다. 아내는 늙고 몸이 불편해 명절 음식 달인이었던 과거의 실력은 간데없고 며느리들 뒷모습만 바라다본다. 나 술 먹는 것을 참견하는 매의 눈도 한 풀이 꺾였다. 지르는 소리는 안 들려도 가슴을 찌르는 눈빛만 있다. 술 좀 그만 마시라는 간절한 절규의 복음이 나를 떠난다. 입에 달고 살아온 말이 있다. 지금도 꿈을 꾸면 술 조사에 참담했던 때가 되살아나 막걸리라면 이가 갈린다고 며느리들에게 일갈한다. "나 죽으면 술 따르지 말고 목마르지 않게 물 따르라고." 나는 죽어서도 술은 마셔야 하는데. 죽은 다음에 갈라서자고. 안 되지. 나는 손이 많이 가야 하는 사람인데. 아내의 잔소리 없는 술맛은 휙 지나가는 가을바람처럼 쓸쓸하고 허전하다.

가을빛

　　　　호수 공원을 거닌다. 멈추어 있는 듯 잔잔한 호수에 파란 하늘이 퐁당 빠져있다. 손바닥만 한 흰 구름 한 조각이 샐긋 세상을 올려다본다. 둑 위에 나무들이 하루하루 조금씩 가을빛을 더 해가는 모습을 보고는 놀라는 눈치다. 언뜻언뜻 붉은빛을 띠우는 벚나무 잎, 아직은 푸르다고 가지를 휘젓는다. 부모 말 안 듣고 가출하는 당돌한 아이처럼 잎사귀기 하나가 뱅그르르 떨어진다. 벌써 가을인가 싶은지 낮달도 덩달아 실눈을 뜬다. 풀과 나뭇잎들은 푸른 날을 조금이라도 더 누리고 싶어 앙바틈하며 안달복달한다. 가을볕은 심술궂은 늙은이 연애하듯 옆구리 쿡쿡 찔러 야금야금 가을빛으로 물들인다.

　　뭐가 그리 급하다고 허겁지겁 서두르는 연잎이 밉상이다. 온갖 이파리 중에 제일 두껍고 가장 크고 푸르게 여름을 즐기던 잎이다. 으뜸 빛 푸른 연잎이 어느 잎에 뒤질세라 가을로 가는 길에 앞장을 선다. 해질 무렵 석양빛을 받아 황혼 빛으로 청승맞게 화장을 한다. 먼저 가는 것이 푸른 삶을 내려놓는 마지막 행복이라고 생각 하나보다. 위에 있는 잎은 극락으로 가려고 치장을 하고 아래 잎은 아직은 아니라고 푸르게 몸을 흔든다. 위에 있는 잎과 아래 잎의 생각이 다르다. 먼저 가야 극락에 가는 걸까 뒤에 가야 극락에 가는 걸까. 저 아우성을 올려다보는 흰 구름이 피식 웃는다. 조각구름은 뭔가를 아는 눈치다. 늦게 가든 먼저 가든 거기가 거기라는 것을.

주름진 얼굴에 와 닿는 가을볕 맛이 따끈따끈 사랑스럽다. 이글거리던 뙤약볕이 싫다고 피해 다니던 때가 저 며칠인데 오늘의 가을볕 느낌이 어머니 옷깃처럼 부드럽고 따사롭다. 봄볕에는 며느리를 내보내고 가을 볕엔 딸을 내놓는다 했다. 봄볕은 뜨겁지는 않아도 가시광선이 많아 살 갗을 까맣게 그을리게 한다. 딸에 피부가 까매지면 혼삿길이 막힐까 봐 그랬나 보다. 어머니도 그랬다. 어머니! 며느리 얼굴이 검게 그을리어 아 들이 한 눈을 팔면 어쩌려고 그리하셨소. 딸은 출가하면 그만이지만 며 느리는 평생을 함께 하는데. 계산 잘 못 하신 것 같습니다. 때문인지 아내 는 아직까지도 얼굴이 콩자반처럼 까맣다.

그런 엄마가 그리워 추석에 내외가 성못길에 오른다. 자연의 빛이 완 연한 가을빛이다. 코끝에 와닿는 가을바람이 청량음료 맛이다. 파란 하 늘 아래 마스크로 들숨과 날숨을 반복한다. 평원을 스치고 온 바람이 구 부정하게 굽은 몸을 쓰다듬으며 위로하는 듯하다. 가을바람도 힘들었던 나의 여름을 짐작 하나보다. 시원한 맛에 침을 꿀꺽 삼킨다. 푸른 초원에 아우성치던 여름의 소리는 잠이 들고 풀 마르는 소리 백색소음뿐이다. 가을꽃을 대표하는 억새꽃이 벨리 댄스 춤을 춘다. 고생스럽게 자란 가 을꽃들이 웃음으로 맞아준다. 무르익는 가을빛에 젖어 마음이 평온해진 다. 어머니 품 안이 가까워지기 때문인가 보다.

여름에는 녹음 짙은 산 정상에 올라 하늘과 땅 사이에 가득 찬 푸른 기 운을 내려다보고는 기분이 최고다. 가슴이 뻥 뚫린다. 하지만 가을엔 들 길을 아무 생각 없이 허허로운 마음으로 유유자적 걷는 것도 가을날에

동그라미에 갇히다

만 즐길 수 있는 정취다. 죽은 나뭇가지 하나를 들고 울긋불긋 가을이 익어가는 가을빛을 휘저어야 제맛이다. 여름과 가을의 느낌은 천지차이다. 개구리가 뛰던 길에 메뚜기가 뛰어 지난날의 추억을 부른다. 가을 들길을 물들이는 들국화는 자줏빛이 많다. 눈길을 사로잡는 보랏빛은 휘청거리는 늙은이 빛이다. 얼마 남지 않은 운명이라는 걸 아는지 슬픈 빛으로 할깃거린다.

가을 들길이나 산기슭은 쑥부쟁이 천지다. 여리여리한 줄기 위에 올라앉아 날씬하게 피운 쑥부쟁이 꽃은 오 남매다. 작은 벌개미취는 하얀 빛으로 앙증맞게 핀다. 여러 종류의 들국화는 연보라 빛이거나 자줏빛으로 피어 애절하다. 샛노랗게 핀 감국과 새하얀 산국은 눈부시게 피어 아련하게 가을을 열어준다. 9월 9일이면 아홉 마디가 된다는 구절초九節草는 아무 곳에나 자라지 않고 꽃빛도 홍백색 고귀하다. 왜? 묏자리 언저리에서 슬프게 피는지 구절초의 마음을 모르겠다. 쑥부쟁이 꽃잎은 제각각이어도 꽃술은 한 가지 색으로 노랗다. 향기도 비슷한 것 같지만 진한 것도 있고 산뜻한 것도 있다. 여인의 향내가 다르듯 쑥부쟁이 향기도 제각각 다르다.

들녘은 황금빛이다. 찬란하다 못해 황홀하다. 저 빛을 보고 행복하지 않을 눈빛이 어디 있겠나. 새들도 높이 날아올라 항공촬영을 한다. 가을이 주는 기쁨이다. 들판에 가을빛은 불평도 불만도 없는 만족의 빛이다. 벼꽃은 겨자 씨 만하여 있는지 없는지도 모른다. 꽃이 피는 시간도 찰나다. 그토록 작은 꽃이 알차게 열매를 맺어 여물어 간다. 봄에 핀 큰 꽃만

꽃이 아니다. 가을에 피어 벌과 나비가 무시하는 작은 꽃도 꽃이다. 작든 크든 오로지 꽃의 소망은 열매 맺는 것이 꿈이다. 보살핌을 받은 꽃의 열매가 더 토실하다. 벼꽃도 농부의 더할 나위 없는 보살핌이 있었기에 열매가 저토록 오롯하다.

농부의 사랑이 가을 논에 황금빛을 만들었다. 야생화 쑥부쟁이들은 그 사랑이 그렇게 부럽다고 시샘을 한다. 사랑 없이 이 가을을 맞았다고 시퍼렇게 멍이 든 가슴을 내보여주는 슬픈 한의 꽃빛이다. 보기가 딱한지 가을바람이 가을은 모두에게 오는 거라고 위로를 한다. 가을볕이 가을빛을 만드는 것이 세상살이다. 사랑 모르고 피는 쑥부쟁이 꽃이나 사랑받고 핀 해바라기 꽃이나 가을은 지나간다. 아쉬움 없이 빨갛게 익어가는 붉은 대춧빛도 가을이 지나가면 끝이다. 가을빛을 아쉬워하는 쑥부쟁이 일생이 나의 삶을 닮았다. 사랑 못 받고 핀 들국화 슬픈 꽃빛을 사랑한다.

풋바심

택배 차다. 무겁게 박스를 든 기사와 엘리베이터를 동승한다. 뭐가 그리 크고 무거우냐고 빈말로 물어봤다. 산지에서 주문해 오는 옥수수라 한다. 알맞게 여문 옥수수를 푸짐하게 사 먹는 세상이다. 농촌에서 자랐지만 옥수수를 실컷 먹고 자라지를 못했다. 내 집에서 농사지은 것 말고는 먹을 수가 없었다. 자급자족이었다. 여름 옥수수가 아이들 입맛엔 얼마나 맛있나. 배고픈 시절 꿈의 맛이다. 우리 고장에서는 주곡인 콩, 보리를 위주로 심어 옥수수가 흔치 않았다. 원두밭에 몇 포기 심어 빨간 수염이 나오면 옥수수 몸을 감싼 잎을 오늘도 비집고 내일도 비집어 봤다. 밭고랑이 반들반들 길이 닳도록 문안을 드렸다. 여물지 않은 열매를 미리 거두어 먹는 것이 풋바심이다.

먹어야 할 양식糧食, 식량食糧이 떨어지는 절량농가가 어린 시절에는 그렇게 많았다. 보릿고개 봄철은 춘궁기春窮期라 했고 가을을 코앞에 든 여름철은 칠궁기七窮期 했다. 양식 떨어지는 고통은 작년에 왔던 각설이처럼 영락없이 찾아왔다. 겪어보고 넘어보지 못한 사람은 짐작도 못하는 고개다. 묵은 곡식은 떨어지고 햇곡식은 아직 여물지 않은 때가 참으로 야박하다. 사람이 먹지 못하고 여러 날 굶으면 살가죽이 누렇게 변하는 부황병을 앓는다. 죽을 수는 없는 노릇. 여물지 않은 벼나 보리 이삭을 훑어다 풋바심을 한다. 풋 열매는 낱알에 수분이 많아 가마솥에 은근하게 불을 피워내야 한다.

식량이 떨어질 것은 뻔한 사정이다. 논 한 배미에 올벼를 심어 준비를 한다. 열흘쯤 수확이 빠른 품종이다. 올벼에도 치명적인 적이 있다. 참새 떼다. 참으로 극심한 현상이었다. 당시에는 참새들도 먹을 것이 없었나 보다. 동네 참새들이 금강하굿둑 철새처럼 떼를 지어 다녔다. 논둑에 거적 데기 한 닢 올려 새 막을 짓고 새를 보는 것은 학교 갔다 온 아이들 차지다. 새끼줄을 늘여 흔들고 깡통을 두드리고 목이 터져라 소리를 지른다. 올벼 논에 나타나는 것이 허수아비다. 허수아비를 사람같이 만들어야 하는데 재료가 없다 보니 나무 막대기에다가 짚으로 얼굴을 만들어 숯검정으로 눈, 코, 입을 그려 놓으면 참새는 머리 위에 올라앉아 허수아비를 깔보고 비웃었다.

추석 밑이다. 어머니는 올벼 논을 찾아와 이삭을 만져보고 조바심을 한다. 날씨만 좋기를 간절하게 기원을 하고 돌아간다. 막 여물어 가는 벼 알맹이를 참새가 쪼면 벼 이삭이 하얗게 진물이 배어 나온다. 참새 떼가 한 번 앉았다 하면 볼 장 다 보는 처지다. 저쪽 논 순이를 불러 놀자고 해도 고것은 내 말을 안 듣고 뜨거운 태양을 마다않고 책을 읽으며 논두렁으로 아장아장 아슬랑거려 알토란 같았다. 못마땅한 나는 새막에서 굴러 떨어져 가며 잠을 자 낭패를 보았다. 새 본 공은 없다고 허망했다. 될성부른 나무는 떡잎부터 알아본다는데 나는 그때부터 싹수가 노랬나 보다.

농촌마을은 다 같이 없으면서 자존심은 강했다. 누구네가 양식이 떨어져 풋바심으로 여물지 않은 벼를 베어 왔다 하면 큰 흉이다. 아버지는 낮에 보아두었던 누런 방울이 더 짙던 곳에서 저녁 늦게 남들 안 보이게 한 짐을 베어 왔다. 펼쳐놓고 타작도 못하고 뒤꼍에서 아무도 모르게 소리 없이 어머니는 이삭을 훑어냈다. 배고픔보다 체면을 우선으로 여겼다. 풋바심은 누가 볼까 무서운 수치심이다. 마당에서 여봐란듯이 말리지도 못하고 무쇠솥에서 쪄낸 다음 뒤란에 숨어서 말린다. 싸리문을 걸어 잠그고 절구에 찧어 어머니는 파란 쌀을 만들어 냈다. 힘든 것보다 부끄러움을 감추려는 슬픈 표정이었다.

지난번 남도를 여행한 적이 있다. 그곳에서 찐쌀을 팔았다. 까맣게 잊고 살아온 지난날의 기억을 만났다. 완전히 여물지 않은 풋벼를 미리 수확하여 쪄낸 파란 쌀이다. 나의 시절을 만난 듯싶어 한 봉지를 사서 몇 알을 입에 넣고 우물거려 봤다. 잘깃잘깃 쫄깃쫄깃 쫀득거리는 맛이 입맛을 되새김질하게 한다. 어머니가 그렇게 부끄러워하던 맛이 풍요로운 오늘의 세상에서는 숨어있는 옛 맛으로 사랑을 받는다. 풋바심하여 파리한 쌀의 얼굴에는 부끄러움도 창피함도 보이지 않는다. 지난날의 슬픔 맛이라는 것을 모르는 신세대들에 입맛을 사로잡는다. 많이 지나간 세월이 되돌아봐진다. 그때는 왜 이토록 새침한 맛이 사랑을 받지 못했을까. 이면치레의 애증이다.

양반은 얼어 죽어도 겻불은 안 쬔다는 체면이 어머니를 옭아매고 울렸다. 죄 중에는 부끄러움을 느끼는 마음이 가장 큰 죄라 했다. 어머니는 부끄러움으로 한 평생을 사셨다. 한 번도 떳떳하게 살아보지 못했다. 그 죄를 어디서 무엇으로 죄 사함을 받으실까. 입은 옷이 남루해 부끄러웠고. 양식이 떨어져 풋바심할 때는 꼭 도둑질하는 심정으로 가슴이 두근거렸다. 배고픈 자식들을 위해서라지만 여물지 않은 이삭을 뽑는 것은 작물에 대한 죄다. 한 번도 빗장을 걸어 잠가보지 못한 허술한 싸리 대문이 어머니다. 빼앗길 것도 없고 잃을 것도 없는 초가삼간이 그렇게 수치스럽고 창피했다.

　세상을 살면서 어머니의 그림자, 풋바심만은 하지 말아야겠다는 마음가짐이 나의 생활신조다. 며칠만 기다리면 알차게 영글어 열매 맺을 이삭을 내 배고프다고 무참히 뽑는 것은 농부가 할 짓이 아니다. 벼 이삭도 나름의 꿈이 있다. 월급날을 못 기다리고 가불하는 것이 요즈음 세상의 풋바심이다. 외상질하고 월부 치다꺼리하는 것도 풋바심의 한 가지다. 마이너스 통장 쓰지 말고 외상질 끊고 월부로 살지 않는 것이 조금이나마 어머니의 죄를 덜어드리는 일이다. 짝꿍한테 갚지 못할 신세도 이제는 그만 지자. 그것도 풋바심이고 죄다.

안일균

머리 위로 낙엽이 흩날리면 마음이 심란해진다.
바람에 무엇인가 좇기는 허상이다.
헌상이 나를 망상의 끝으로 데려간다.
저만치 나보다 먼저 시간이 흐른다.

P R O F I L E

경기화성 출생. 2020년 계간 『문파』 신인상 시부문 당선으로 등단. 문파문학회, 동남문학회 회원.

손칼국수

얼굴을 손바닥으로 박박 문질렀다
손가락이 어둠 속에 갇혀 까맣게 잠들고
새벽은 쉬이 오지 않았다

비틀거리며 바다로 내달려 갔다
출렁이는 바다를 모조리 마셔 버리고 싶었다
쉽게 내장을 채워 내리란 착각 속에서

백지 위에 활자와 바닷물을 섞었다
투명해질 때까지 바글바글 끓여 보았지만
여백이 차지해야 할 양은 냄비 속엔
바지락만 딱딱한 입을 꼭 다물고 있었다

다시 손바닥으로 땅바닥을 딛고서
바닷물을 마시고 내장을 비워냈다
어렴풋한 형상들이 환상처럼 아른거린다

손칼국수 한 그릇 끓여내는 일은
백지 위에 불어 넣어야 할
몽당연필의 까마득한 절규다

겨울 향기

향기엔 눈이 없다
옷깃에 스치는 바람으로
내 입술에 젖어드는 촉감으로
너인 줄 안다

겨울엔 향기가 없다
외투 속에서만 꿈꾸고 있을 뿐
겨울 향기는 바람 같다

겨울의 향기는
눈길에 새겨두는 게 아니라
가슴속에 녹아들게 하는 일이다

겨울을 다 녹이고도 남을
기나긴 시간과 두려움 속에서
너무 망설이지 않아도 좋다

겨울 향기는 새콤한 바람처럼
햇살에 곱게 물드는 노을 속에서
흠뻑 젖어드는 사랑이다

안일균

봄, 가을 사이

봄을 맞이하는 것은
희망이고
여름을 기다리는 것은
화려한 외출이다

가을을 마주하는 것은
반추이고 겨울을 끌어 앉는 매듭이다

봄과 가을 사이
여름의 경계도 없이
철없이 길가에 핀 영산홍이
곁가지 끝에서 가을빛을 먹고 있다

봄 늦은 연분홍 꽃잎들이
계절의 경계를 넘나드는 건
질서를 거르는 착각의 연속이다

가마우지

목선을 가장 낮게 몰아가야 한다
욕심들이 바구니에 가득 담겨서
잔잔한 물결을 따라서 은밀하게

혼탁한 물속으로 잠영을 시작한다
물살을 가르는 파동을 감지했을까
물고기들이 재빨리 꼬리를 감춘다

지느러미가 돌 틈에 가려지기 전에
물고기가 수초로 방어막을 치기 전에
온몸으로 달려가 정확히 낚아채야 한다

목줄기를 타고 흐르는 비린내
승리의 짜릿함을 감지했을 때
어부의 손아귀가 숨통을 조인다

목구멍에 하루가 겁탈당하고 있다
끝없이 가득 채워져야 할
어부의 몫은 가마우지의 생존이다

엄마의 화원

어슴츠레 새벽녘
빈 통 하나를 들고
슬그머니 현관문을 연다

뒤꼍에 후두둑 후두둑
밤비가 간간이 내렸나 보다
다람쥐, 청설모가 깨어나기 전
검은 그림자 하나

아침이슬에 미끄러져
얼굴에 속 깊은 상처가
채 아물지도 않았다.

설 잠든 거실의 아들 곁
한가득 주워온 생밤
튼실한 놈 하나 입속에 넣는다
손끝에 온기가 더 진하다

먼 길을 돌아 가고 싶은 곳

그리운 사람 보고 싶은 얼굴도

언제나 간직하고 묻어둘 품속

엄마의 화원이다.

김영숙

반짝이는 기억들과
한순간 뇌리를 스치는 그 무엇을 향해
늘 맛깔스럽게 그려지기를…

+ 시 작품 | 겨울의 문턱 | 벨이 울린다 | 너의 입맞춤

바이오리듬 | 저녁밥상

P R O F I L E

『한국문인』 시 부분당선 등단. 한국문인협회, 문파문인협회, 경기시인협회, 수원시인협회 회원. 동
남문학회 회장역임. 동남보건대학교 평생교육원 시낭송 지도자과정 수료. 수상 : 제8회 동남문학
상 수상. 저서 :『문득 그립다』. 공저『1초의미학』 외 다수.

겨울의 문턱

바람이 분다
서걱거리는 낙엽처럼
마음은 아직 거리에 있는데
겨울의 문턱에서 바람이 분다

침묵으로 무장된 잔상들
공기와 함께 일렁이는 마음을
차가운 바람과 함께 겨울의 문턱으로
몰고 가는 중이다

여물도록 비추던 햇살
진혼곡을 울리며 떠나는 대지의 해후를
가슴속에 묻고 또다시 뚜벅 뚜벅거리며
걸어가리라 겨울의 문턱에서
바람이 분다

김영숙

벨이 울린다

새벽 네 시
벨이 울린다.
꿈인 듯 아닌 듯
계속에서 울리는 벨 소리
이 시간에 불안한 생각에 가슴이 뛴다.

전화 화면 속 엄마다
네 시에 전화를
엄마!!!
엄마!!!
왜…?
답이 없다 계속 불러 보지만
부스럭거리는 소리뿐 반응이 없다
순간 화가 난다 전화기를 잘못 건드신 거다

전화기를 내려놓으며 다행이다 싶은 생각이 든다.
잠을 깬 짜증의 순간이 아련함으로 번진다.

새벽 네 시에 전화벨을 잘못 누르시는 엄마

엄마가 아직 내 곁에 계시는구나.

울컥하는 새벽 네 시다

너의 입맞춤

난 원하지 않아
잠자는 세포를 깨우는
너의 입맞춤

자극적인 너의 입맞춤
미리 내가 알았더라면
절대 받아주지 않았을 거야
순간 포착을 잘하는 넌 이런
마음을 아는지 슬그머니 앙큼하게 와서
순간 입맞춤하지 내 몸이 빨갛게 물드는 건
좋아서가 아니야 너무 당황하고 황당해서 그래

언젠가
너의 입맞춤을 막아설 거야
그땐 어떻게 될지 상상도 할 수 없을걸.
내가 느끼는 여름날의 고통스러운 너의 입맞춤
너도 조만간 느낄 거야
기대해….

바이오리듬

오늘도
바이오리듬에 흔들린다.
안정적인 리듬을 원하지만
항상 그렇듯 쉽게 얻어지는 것은 없다

세월의 흐름 속
바이오리듬은 더욱더 활기차게
그네를 타고 순간 자리를 잘못 잡은
그는 흔들리는 그네에 같이 올라타
심한 멀미를 할 것이다

누구의 탓도 아닌데
배려라드가 함께 기뻐하지 못하는 감성의
리듬은 항상 때때로 문득 가슴에 머물곤 한다
이 또한 지나가리라 말처럼
오늘도 바이오리듬 속에서 그렇게
그네를 타고 있다

저녁밥상

개구리 울음소리가
저녁노을 속으로 스며드는 여름날
마당 한가운데 멍석을 깔고 아버지는
모닥불을 지피신다. 그윽한 모닥불 연기 속으로
엄마는 저녁상을 멍석 위로 내오신다.
옹기종기 모여앉아 모기를 쫓아가며
먹는 저녁밥상 외양간에서는 누런 황소가
코를 벌름거리며 사각사각 소리를 내며
여물을 먹고 대문 밖 똥개 매리도
고개를 처박고 자기의 밥그릇을 핥는다
해가 저만치 내려가는 노을을 보며
웃음꽃 피는 저녁밥상

김숙경

가을을 건너는 길목에서
글 쓰는 일을 조용히 들여다본다.
깊이와 넓이와 사유를 통한 나를 발견하는 일,
순간 치열하게 살고 싶어졌다.

+ 시 작품 | 동그란 거에 갇히다 | 누구였을까 | 무지외반증

이른 귀가 | 모과청을 담그며

동그란 거에 갇히다

동그란 건

원만한 게 아니었다

누군가는 그 동그라미에 갇힌다

동그라미 안에 들어있는 사치의 밥

동그라미의 유혹은 강했다

불쑥 들이민 통 안의 목, 몸부림

원만하고 둥근 건

배고픈 길냥이에게는 사슬이다

동그란 것들에 서서히 생을 위협받는 지상의 헐거운 생들

안전지대를 잃어버렸다

동그란 벽을 깨자

목을 쥐고 흔드는 건 사각만이 아니다

누구였을까

파란 신호등을 받고 저 멀리서 폭군처럼 다가오는 버스
지상의 순서로 보면 정석의 길을 가는 중이다
내가 바라보는 신호 정면에 붉은색을 켜고 있건만
맞은편 승강장에서 나를 기다리며 손짓하는 그녀에게
집중된 내 시선은 순간 회로 이탈
창공에 걸려있는 신호등이 사람이 건너는 신호로 보였다
한발 내딛는 내 어깨를 누군가 뒤로 확 당기는 기분
그 순간 탱크보다 더 육중한 몸이 굉음을 내며 지나간다

조금만 앞으로 기울어졌다면 나는 산산조각 되었겠다
누가 내 몸을 뒤로 당겼을까
얼마 전 떠난 엄마인가
오늘 저녁이면 문상 가서 만날 친구인가
소름 끼치는 그 순간
헛것에 홀려 죽음에 가까운 변고를 피했다.
여전히 아이러니한 순간, 순간

무지외반증

뼈가 밤마다 자란다

그때마다 엄지발가락 옆

둥근 모서리 넓히는 작업을 시작한다

뼈가 자라는 통증에 듬성듬성 불면은 시작되고

밤새 신열을 앓던 그 자리

한 번도 높은 구두를 신지 않았던 엄마의 발을 기억한다

툭 불거져 옆으로 둥근 각을 짓던 그 발

바닥을 디딜 때면 거북 모가지가

발을 떼면 몸 안으로 숨었다

꼭 낀 신발 내리막길 닮은 하이힐 속

성이 난 듯 벌게진 내 발

감출게 많은 세상 드러내고 싶지 않은 짐승 같은 발

밤마다 뼈가 운다

시리고 아린 세월 고단한 길이를 매끈하게

깎고 싶었던 엄마의 발

무지외반증 내 유전자 밤마다 자란다

이른 귀가

거실에 볕이 들어와 환한 날
그 사람의 실루엣
생가지 하나 부러진 듯 낯설다

불빛이 거실 천장에 대낮처럼 걸려있을 쯤
훈장처럼 초롱초롱한 밤을 달고 귀가하던
낯익음이 낯선 한낮

심장이 쿵
절벽에서 소리를 낸다

그 많던 길들이 보이지 않는다
길을 잃은 그 남자

혼선과 혼란과
고립이라는 신과 접신 중이다

모과청을 담그며

입속의 혀같이 달콤한 것들이
소위 칼도 안 들어 갈 만큼 단단한 것도 누를 수 있다는걸,
부드럽게 침투하는 설탕과 꿀의 의기투합
그들은 결국 온화한 눈물 한 분량 한 분량으로
이십일 숙성기간을 기다리겠다
저밈과 뚝뚝 썬 모양 없는 모과들
어물전 망신은 꼴뚜기 과일 전 망신은 모과가 시킨다는 말
공감하는 세모 밑,
그와 나는 몇 시간 그들에게 투신하는 중이다
쿨럭이는 아내를 위한 모과 즙의 따듯한 변신,
기다릴 테다
틈새 속으로 우린 며칠 전 떠난
아버님과의 이별도 아픔도 눌러 담고 있는 중이다
딱딱한 것이 단것에 슬그머니 취하고 있는 중이다

전옥수

햇살 찾아 모여든 반짝이는 눈물
애썼다 우리~

+ 시 작품 | 수련 1 | 수련 2 | 가을, 섬 하나 가슴에 띄운다

+ 수필 작품 | 시그널

P R O F I L E

2008년 계간 『문파』로 등단. 한국문인협회, 수원문인협회 회원. 현) 동남문학회 고문. 계간 『문파』 편집위원. 경기한국수필 편집위원. 수상 : 경기수필 공모, 호미문학대전 수필부문, 동남문학상 수상. 저서 : 시집 『나에게 그는』, 공저 『풍경 같은 사람』 『2020문파대표시선』 외 다수.

수련 1

푸른 하늘 삼켜버린 호수

뚝 뚝 숨어드는

시커먼 장정들의 짙은 땀방울

연못은 투명을 잊은 지 오래

얽히고설켜 서로를 옥죄던 잎과 줄기들

잿빛 감도는 불투명의 시각

긴 장화 발에 짓밟히고

시퍼런 칼날에 잘려나가도

저 요동치 않는 고고한 자태

수평을 결코 기대하지 않는 수면

아랑곳 않던 기억 한 줄기

하늘빛 찾아 가느다란 호흡 들어 올린다

길게 더 길게

기어코 피워낸 저 황홀의 불굴

전옥수

수련 2

그날은 두통이 새벽을 찢었어 밀어낸 적 없는데 손과 발이 흐느적거리다 아래로 툭 떨어지기도 했어 물 밑 엉겨진 혈관이 또 말썽이래 진흙에 뿌리내린 그녀의 시간들이 수면 위에서 초록으로 파다해 부들과 부레옥잠은 구석진 곳에 모여 늘 수근 대기만 했어 전화번호가 기억나지 않는다던 입술에서 꽃잎이 바르르 떨고 있어 그간의 시간들을 다 삼켜 버린 걸까 진로를 찾지 못하고 헤매는 혈관 속 아귀다툼들 도무지 알아듣지 못하는 내 귀를 후벼 파고 싶어

늪을 넘지 못하고 첫 소절에서 멈춰버린

곡조가 머무는

긴장된 시간을 지키고 있는 연 잎들

꽃은 기대하지 않아

다만 초록의 기운으로 후렴까지 긴 목청을 높여 제발

가늘게 원을 그리며 번져나가는 검은 물그림자

가을, 섬 하나 가슴에 띄운다

눅눅한 걸음이 질척이던 바닷길

헝클어진 미간 사이로 달려온 은빛 노을

주름진 손가락으로 빗어 내리다

희끗하게 탈색된 매듭 앞에 멈춰 섰다

만질 수도 잡을 수도 없는

썰물이 저만치 갈라 놓은 누에 섬

어스름이 몰고 온 풀 빛 기억들

별리의 길 어디 즈음에

물끄러미 식어져버린 커피 향

마주하던 계절 한 모금 삼키려다

목울대 넘기지 못한 노을이

붉어진 꽃잎 속에 머물고 있다

젖은 속내 감추려다

노려보던 카메라 렌즈 손등으로 훔친다

시그널

창을 통해 내려다본 교차로 앞에 사람들이 여럿 모여 있다. 횡단보도를 건너려는 행인들의 수만으로도 곧 보행자 신호로 바뀔 거라는 예상을 하게 된다. 신호등의 규칙과 시간에 익숙해져 있지만 자주 다녀 본 길에서는 습관적으로 마음의 감지가 느껴지기도 한다. 베란다 방충망에 매미 한 마리가 덩그러니 붙어있다. 바짝 다가가 방충망을 흔들어 보았다. 우중충한 날씨 탓인지 소리는 오간데 없고 타이어 밑에 붙어있는 껌처럼 요동치 않고 고요하다. 탁, 탁 두어 번 방충망을 흔든다. 여전히 미동 없다. 방충망 뒤로 보이는 하늘의 표정이 어둡다. 요란하게 목청을 높이던 매미들의 합창이 소음처럼 느껴질 때도 있었기에 그저 예사롭게 지났다.

올여름은 지독히 길고 지루한 장마가 이어졌다. 새벽하늘의 표정만 보아도 하루의 날씨를 예측할 수 있다. 이불 빨래를 할까 말까를 고민할 때 기상청의 예보가 아니더라도 하늘빛은 그 갈등을 해소해 준다. 특히 우기 때의 외출은 하늘의 움직임만 보아도 우산과 양산의 선택을 가능케 한다. 푸른 하늘의 낯빛을 보는 것이 하루의 소망이었다. 유래 없이 길어지는 장마가 끝나면 더 유례없는 폭염이 닥칠 거라는 예측들이 난무했다. 때에 맞는 계절에 적절한 햇살을 쬐이고 계절에 맞는 음식을 먹고 다음 계절을 기대하며 설레던 시간들이 있었던가 싶다.

나뭇잎의 색이 변하는 것만 보아도 때를 알 수 있다. 도무지 봄이 올 것 같지 않았던 지난 삼월은 겨울보다 더 혹독하게 우리를 움츠리게 했다. 코로나의 확산으로 막 움트는 새싹들과 함께 호흡하지 못했고 시선조차 나누지 못했다. 그저 자연의 변화들과 격리되어 살아야만 했다. 아파트 화단을 지키던 무화과는 앙상한 겨울나무로 멈추었고 경비실 앞 보랏빛 라일락 향기는 기억조차 흐릿했다. 도무지 싹을 피우지 않을 거 같은 꽃과 나무들은 흑백 사진 속 풍경일 뿐이었다. 그럼에도 불구하고 계절은 무성해진 무화과 진초록 이파리를 피워냈고 느낌표 닮은 열매들을 가지마다 아롱아롱 걸어두었다. 이제 그 빛이 점점 옅어지고 있다. 전혀 관심주지 못했지만 계절의 때를 견디며 잎이며 꽃이며 열매들을 부단히 준비했던 모양이다.

사람의 낯빛을 찬찬히 살펴야 할 때가 있다. 얼굴만 봐도 어려운 때를 지나는지 좋은 일이 있는지를 알 수 있다. 지난 두어 달, 갓 태어난 손주를 돌보며 딸의 산후조리에 올인 했었다. 이제는 울음소리만 들어도 아기가 쉬를 했는지 배가 고픈지를 알 수 있다. 말 못 하는 아기의 신호를 잘 감지하고 적절히 대응하면 방글거리는 아기의 만족스러운 표정과 만나게 된다. 요즘은 휴대폰에 올려진 프로필 사진만 봐도 상대의 마음 상태를 대강은 알 수 있다. 관심만 있다면 굳이 광고하지 않아도 생일이나, 때에 맞는 행사에 마음을 나눌 수가 있다. 만나지 않아도 커피나 케이크로 축하 인사를 대신하며 관심을 전 할 수 있다. 거리 두기로 가급적 만남과 모임을 피해야 하는 시기에 전화나 문자는 마음의 표현이자 힘이 되고 위로가 된다.

때를 놓친 신호의 결과는 후회와 안타까움뿐이다. 여행 가방 속에서 비정한 부모로 인해 죽어가는 한 아이의 소리를 우리는 듣지 못했다. 버려지는 아기들을 보호하고자 교회에서 설치해둔 베이비 박스 바로 맞은 편에서 갓 태어난 아기가 밤새 죽음에 이르렀다. 나를 봐 달라고 살려달라고 악을 쓰며 신호를 보냈을 아기의 울음소리가 귀에 아니 가슴에 쟁쟁하다. 그들을 지키지 못한 책임은 분명 우리 모두의 몫이리라. 알 수 없는 후회와 슬픔만이 죄책감으로 남게 되는 것이 안타까울 뿐이다.

무관심은 수없이 감지되는 신호의 기회를 놓치게 한다. 도축장의 조립 라인은 동물을 죽이는 과정 전체를 근로자들이 볼 수 없도록 되어있다고 한다. 동물을 생명체가 아닌 하나의 공산품으로 취급하기 때문이다. 그것은 그 과정을 안 보고 안 듣기 때문에 가능하다고 한다. 우리의 삶이 도시화되면서 안보고 안 듣는데 매우 익숙해져 있다. 몇 해 전 바로 앞 집 어르신이 급성 심장마비로 소천 하셨다. 새벽에 발견되어 병원으로 실려 간 뒤 장례를 다 치르고 와서야 그 사실을 알게 되었다. 무관심했던 미안함에 몸 둘 바를 몰라 했었다. 매번 때를 놓치고 후회하게 되는 이유도 감지되는 신호에 반응하지 않는 무관심에 있다.

때를 알고 사는 삶이란 신호를 감지하는 삶이다. 글로나 말로나 우리는 자연이나 사람이 주는 신호에 반응하는 삶이어야 한다. 방충망에 붙어 소리 내지 못하고 있는 매미 한 마리가 안타까운 계절의 때를 상기시키듯 말이다. 거리 두기로 단절되고 삭막해진 때에 감성의 더듬이로부터 전해오는 신호를 감지해야 한다. 우울감에 빠져 밤잠 이루지 못하는 친구에게, 병약하여 어쩌지 못하는 이웃에게 따뜻한 위로의 손길을 보내야 할 때이다. 자연이, 더러는 이웃이 우리에게 보내는 신호에 반응하며 각자에게 주어진 사명을 발휘하는 시기임에 분명하다.

허정예

지구가 숨 막힌 듯
어디로 눈 돌려야 될지 모르겠다.
문학은 생명을 살리는 치료제다. 그러므로
문학의 강물에서 노 젓는다.

+ 시 작품 | 만추 | 코로나 세상 | 수평선 | 그해 여름 | 월척

PROFILE

강원도 홍천 출생. 계간 『문파』 등단. 국제 PEN클럽, 한국 문인 협회, 수원 문인 협회, 수원 시인협
회, 문학 아카데미 회원. 경기 시인협회 이사. 저서 : 『시의 온도』 공저 : 『그림자 놀이』 『시인 마을』
외 다수.

만추

가을이 지워지면
너울지던 호박잎 찬 서리 지고
맥없이 죽어가는 몸뚱이

비바람 가을걷이 한시름 접고
빈 논바닥 바람 가득 담아
새끼 떠나보낸 둥지 같다

가을비 다 쏟아내고
단풍 역 종착역에 잠시 멈춘
제 갈 길 찾아가는 나뭇잎

어디다 눈 맞춰야 가슴 채울까?
나무들도 제 삶 알아차린 듯
한 겹 한 겹 털어내고 있다

저무는 가을 열차
야속한 저 세월에
가지 끝 겨울새 첫 단추 조인다

허정예

코로나 세상

이상한 버릇 생겼다

거실에 있다가도
습관처럼 두리번대다가
이내 허전해진다

그때부터
그녀를 안고 산다
천장 보고 누워있는 내 분신

가만히 얼굴 보듬으면 해맑은 언어
울앙한 내 마음
금세 하양 웃음 퍼 나른다

스펀지처럼 빨려 시도 때도 없이
몇 시간째 카톡 카톡
배고플세라
생명줄 이어 준다

코로나19로

충혈된 눈이 사막을 걷는다

언제까지일까?

수평선

서해 한적한 바닷가
텅 빈 마음 추스려 달려간 곳
아득히 멀어져 가는 고깃배 한 척
점 되어 사라진다

갯바람 몰려와
조각구름으로 덧칠한
수평선 너머
노을처럼 익어가는 생의 한 조각

파도에 뜯긴 폐선처럼
영글지 못한 인생의 짐 보따리
저녁 햇살 어깨에 앉히며
삶의 각질 털어낸다

수평선 날아가는 갈매기 울음
물먹은 태양이 하루 접어
수평선 저 너머
일몰의 時間 끌어온다.

그해 여름

지상을 때리는 수직 비
작열하던 태양은 눈동자 멀어
물먹은 짐승처럼
흐느적거리며 쏟아지는 장대비

세상은 숨 막힐 듯 물에 잠기고
오만상 찌푸린 하늘
용서할 생각은 추호도 없나 보다
강탈당한 논밭은 알몸으로 나뒹굴고
눅눅한 거실에 비지땀 찍어내
햇살 커튼 열리기만 바랄 뿐

어린 날
쓰나미처럼 밀려오던 물 폭탄
산비탈 흙탕물 꾸역꾸역 토해내고
마당에 물 퍼내는 쪽 찐 비녀는 허리 굽는다
아물어가던 상처에 덧나는 장맛비
아득한 세월의 긴 그림자로
논둑에 서 있는 아버지

월척

밤이 열리고
하늘이 검은 망토를 두르면
한층 더 깊어진 낚시터

수런대던 낯선 별들은
물빛에 고요히 할딱이고
낚시꾼들은 물가에 앉아 불 켜고
찌만 바라보고 있다

하늘의 별들이 지워갈 때
눈물의 샘 따라 고독의 잔 채우며
하늘 향해 솟구친 마음의 안식처

갈피갈피 잠들어 있던
붕어 송어 뱀장어 가물치
저마다 몸 사리고 숨어드는 돌무덤

잡아당겼다 풀었다 물었다 놓치고

동그라미에 갇히다

손에 땀을 쥐는 낚시 연습

밤새 밀고 당기다

새벽녘에 달하나 건졌다

박경옥

하루의 반을 숲에서 보내고 있다
숲은 이 심란한 세상에서
내게 맑고 깊은 위로를 준다
바람이 불고 비가 내려도
숲과 함께 젖고 흔들리면서 걷는다
이제 숲은 나이고 내가 숲이다

+ 시 작품 | 가을 둥지 | 폭설이 내리는 봄 | 능소화

+ 수필 작품 | 11월의 숲처럼

PROFILE

2008년 계간 『문파』 수필부문 등단. 한국문인협회, 경기시인협회, 한국가톨릭문인회, 문파문학회
동남문학회, 동서문학회 회원. 한국문인협회 60년사 편찬위원. 계간 『문파』 편집위원. 동남문학상
수상. 동남문학회 회장 역임. 저서 : 수필집 『발자국마다 봄』. 공저 『1초의 미학』외 다수.

가을 둥지

산이 가을에 들었습니다

오련한 빛깔로 풀어 놓은 물감이

숲에서 숲으로 나비물로 번지는 낮결

풀숲에 내린 그늘의 맨살에도 무심히

홍조가 어리고 가랑잎 몇 장 뺨을 부빕니다

발 시린 까치 한 마리 호젓이 내려와

갈참나무 그늘을 콩콩 찍어 물고 날아갑니다

깜장이 날개에 감홍빛 가을이 출렁입니다

홀로 앉은 나무의자에 갈물이 조르르 떨어지고

에돌던 가슴이 그만 단풍으로 왈칵 여울집니다

발등에 묻은 가랑잎 한 장 집으로 데려와

책장 위에 가만히 내려놓았습니다

둥근 갈피마다 그리움 수북하게 쌓입니다

작은 새의 둥지 같은 가을,

당신은 내게 들었습니다

폭설이 내리는 봄

아무렇지도 않게 봄은 꽃길을 끌고 온다
목련이 피고 앵두꽃이 피고 새순이 차오르고
햇살은 이토록 눈이 부시게 흩날리고
네가 없는 봄 길에서 사람들은 웃고 떠들고

마흔 둘의 생을 홀연히 놓아버리고 떠난
너의 골목길 그 끝으로 돌아올 수 없는
초승달이 눈썹 끝에서 하얗게 떨고 있었지
푸르던 너의 시간이 담장 위에서 지워지는데
봄은 여전히 한가롭게 꽃잎을 휘날리고 있다

아직 어둠 채 가시지 않은 새벽길에 껍데기를 벗어놓고
훌훌 날아가 버린 너의 아침을 만지면 가슴으로 동백꽃잎
와르르 붉게 떨어진다 너를 가슴에 묻고 돌아오는 날
나의 봄은 이미 한 치 앞도 보이지 않는 눈보라 속이었다

아슬한 모서리 끝에 걸터앉아 우두커니가 되고
눈물마다 가시 꽃이 피어나 명치끝을 찌르는 밤

참척의 고통이 숨통을 누르는 이 폭설의 시간을

붉게 충혈된 가슴이 다독이고 토닥이고 얼러대지만

자목련 꽃잎 툭, 떨어지는 너의 창으로

여전히 눈보라는 몰아치고 길은 보이지 않고

능소화

뜰 안에서 서성이다 하루가 가고
돌담을 기웃대다 한 달이 가고
기다림은 끝내 붉은 폭염이 되었다
너울너울 분단장하고 기다리는 일
헛된 일이라는 걸 그녀는 안다

먼 꽃으로 눈을 돌린 바람은 끝내
기별조차 없는데 붉은 가슴 활처럼 당겨
허공으로 끝없는 연서를 쏜다 저녁이면
골목 모퉁이의 적막에 눈물 훔치다
연분홍 치맛자락 훌쩍 담장을 넘었다

이제 덩굴져 자라던 기다림의 끈이
툭, 툭
저녁 빛에 흔들리고

고샅엔 아직도 한낮의 신열이 남아

뜨거운 꽃빛으로 바다에 피어나는

또 한 번의 생

낙화, 기다림의 절정

그녀의 구월이 섧다

11월의 숲처럼

이른 아침의 숲은 상큼하고 발랄하다. 어제 내린 비로 나무들은 젖어 있지만 그 젖은 이파리들이 바람에 흔들릴 때 촉촉하고 부드러운 나무 향은 어수선하게 흩어져 있던 마음 한구석, 복잡하게 엉켜 있던 머릿속까지 맑게 헹구어 준다. 서늘한 기운으로 나무 계단을 오른다. 사람들의 발자국에 닳아버린 바스러진 계단 한 귀퉁이가 발에 걸린다. 다시 보니 한두 군데가 아니다. 잠시 발걸음을 멈추고 들여다본다. 오래된 시간의 흔적이 나무 귀퉁이마다 삐죽하게 드러나 있다. 적절한 시기에 새로 교체해야 할 것 같다. 그것은 소멸이고 새로운 탄생을 의미한다.

이제 곧 낡고 부서진 나무들을 빼내고 싱싱하고 튼실한 나무로 계단을 정비할 것이다. 날이 저물면 빛이 스러지듯 낡은 것들을 정리하고 새로운 것들로 반짝이게 하는 그것이 인생인지도 모른다. 싱그럽고 발랄한 이 여름 숲도 신록의 무성함을 벗어버리고 이제 곧 갈색으로 수척해질 것이다. 잎이 져버린 겨울 숲은 더 깊고 더 고독해지겠지만 찬바람을 껴안은 나무 향 속에는 새로운 생명 또한 잉태하고 있을 것이기에 쓸쓸하지만은 않겠다.

얼마 전 예기치 않게 갑자기 입원을 하게 되었다. 숱하게 밟아 삐그덕대고 뒤틀린 나무 계단처럼 내 몸에서도 이상 신호가 울렸지만 무시하고 지난 대가였다. 검사하러 갔다가 갑작스레 입원을 결정했다. 처음부터 입원을 생각하고 병원을 찾았다면 나는 또 하루 온종일을 내 몸 혹사 시키는 데 썼을 것이 뻔하다. 이삼일 집을 비우게 될 때면 찌개나 국을 요일에 맞게 준비하고 밑반찬으로 냉장고를 채워 놓아야 마음이 놓이는 내 성격에 일주일 정도나 되는 기간 동안 집에 있는 식구들 먹을 끼니를 준비하지 않을 수 없었을 것이다.

아무것도 준비가 안된 상태라 첫날은 걱정이 많았지만 알아서 할 테 니 편안히 몸만 생각하라는 가족들의 말에 치료에 집중했다. 병원 밥도 괜찮았고 간병인이나 보호자가 없는 병동이라 그런지 조용하고 몸과 마음이 안정이 되고 편안해졌다. 사나흘 시간이 지나자 증상도 완화되었 다. 4층 정원을 산책도 하고 책을 읽는 여유도 생겼다. 비록 병원이지만 온전히 나만의 시간이 주어진 걸 감사했다.

그 고요의 시간은 나를 가만히 쓸어주고 만져 주면서 내 안에서 소용 돌이치던 욕심을 하나씩 비우게 해주었다. 돌아보니 그동안 나는 너무 동동거리며 살았구나 싶었다. 많은 것들을 소유하려고 했고 그러기 위 해 몸과 마음을 혹사 시켰고 가까운 사람들에게 알게 모르게 상처를 주 었다는 미안함이 스쳐갔다. 별안간 남편과 아이들에게 미안하고 고맙다 고 말하고 싶어졌다. 문자를 보내는 데 내 안에 눈물 꽃 한 송이가 피어 났다. 평소에 하지 못했던 사랑한다는 말도 건넸다. 그러자 그 꽃이 다시 축축하게 흔들렸다. 단순히 몸이 약해져서 일어나는 현상은 아니었다. 그동안 시간이 없었던 것도 아닌데 이렇게 온전히 나를 돌아보고 쓰다 듬고 비워내면서 사랑한다고 말하고 나 자신에게 위로를 건넨 적이 없었던 것은 분명했다.

문득 이런 생각이 스쳤다. 내가 만약 이대로 집에 돌아가지 못한다면 어떻게 될까? 내가 쌓아 놓았던 그 많은 책들은 어떻게 하지? 입지도 않으면서 아깝다고 옷장을 가득 메운 옷들과 주방의 그릇과 욕심으로 가득 찬 창고 속 물건들은 누가 다 정리할지 난감했다. 그래서 집으로 돌아가면 책과 옷부터 정리하는 일을 우선하자고 비움 리스트에 적었다.

우리 집 거실 한 쪽 벽은 다 책장이다. 그러고도 모자라 안방 침대 화장실 주방에도 작은 책장들이 있다. 현관 입구까지 책장이다. 오래전부터 남편은 책 멀미가 난다고 했다. 그 말도 무리는 아니다. 첫아이가 태어나고부터 모든 기념일에는 책을 선물했다. 20여 년 동안 아이들과 글쓰기 수업하던 동화책도 책장을 가득 메우고 있다. 딸과 아들은 어릴 때부터 장난감보다는 동화책을 더 좋아했고 엄마와 뒹굴며 책 속에서 놀았다. 나는 지금도 그림책을 읽을 때 더 마음이 편하고 행복하다. 생각해 보면 나 혼자만의 만족이었고 애착이 아니라 집착이었는지도 모른다.

책 정리를 못하는 것도 병이라면 나는 심각한 중증 일수 있겠다. 이젠 쓸데없는 욕심의 늪에서 헤어나기로 했다. 책 정리 못하는 중증 집착증과도 이제는 결별이다. 몇 군데 기부할 데를 알아보는 중이다. 많은 아이들에게 좋은 책 읽을 기회를 주는 것이 얼마나 기분 좋은 일인지 어리석게도 이제야 깨닫는다. 결정하고 나니 이 또한 홀가분하다.

너무 혹사 시킨 대가로 배터리가 나가버린 몸은 충전 기간이 긴 모양이다. 퇴원을 한 지 한 달이 지나고 있다. 요즘은 휴대폰도 고속 충전이

기본인데 내 안의 충전기는 저속이다. 5%, 7%, 아주 조금씩 올라가는 숫자가 그리 더디더니 이제 50%를 넘긴 것 같다. 슬슬 비움을 시작했다. 그동안 조금씩 집안에 쌓여 있던 물건들을 정리하면서 내가 얼마나 많은 욕심을 내며 살았는지 내 삶의 흔적들이 부끄러웠다. 분명 아깝고 쓸 수 있는 물건들이 많았다. 하지만 버리고 나니 없어도 전혀 불편하지 않은 것들이었다. 왜 그렇게 쓸데없이 부둥켜안고 살았는지 모르겠다.

정리 목록 우선순위 중에 미루지 말아야 할 게 또 있었다. 내 몸의 충전기 숫자가 올라가는 걸 감지하고 제일 먼저 텃밭 '별이네'로 달려갔다. 봄부터 여름까지 수확의 기쁨을 주던 내 유일한 힐링 밭이다. 비록 손바닥 만 한 네 평 땅이지만 아침마다 한 번도 거르지 않고 풀을 뽑아주고 돌보던 곳인데 병원에 있는 동안 며칠을 그냥 놔두었으니 '별이네' 밭은 반은 묵정밭이 되어 있었다. 대파인지 잡초인지 구분이 안 될 정도로 허리까지 자란 풀을 뽑아내는 일도 쉽지 않았다. 아직은 더 수확할 수 있는 토마토와 가지, 고추와 호박도 과감히 뽑아 버렸다. 이발을 한 듯 시원하다. 비워내는 시간이 무려 네 시간에 몸은 땀으로 푹 젖었지만 마음은 온전히 무언가로 쏵 채워졌다.

다음 날, 밭을 갈아엎고 거름과 섞어 주었다. 대파 모종을 심고 무씨를 뿌렸다. 묵은 것들을 거두어 냈으니 이제 새로운 생명이 움터 올 것이다. 가을볕을 받으며 팔뚝만 한 무가 매끈하고 하얀 엉덩이를 수줍게 내밀 것이고 당근이 땅속에서 붉고 환한 웃음으로 커 갈 것이다. 11월의 갈무리를 위해 햇볕은 더 길고 더 깊어질 것이다. 비우고 채워지는 것, 그리고 다시 비우는 것, 이것이 존재하는 것들이 가지는 허무이며 기쁨이 아닐까.

내가 올라온 숲속 계단을 돌아본다. 비우지 않고 허겁지겁 채우기만 했던 삶의 여정이었다. 올라가려고만 해서 숨이 찼다. 이제는 11월의 숲처럼 조용히 잎을 내려놓고 갈무리할 준비를 해야겠다. 그렇게 저 숲의 바람과 햇살처럼 더 깊어지고 더 고요해지면서 내 삶이 저물어 가면 좋겠다. 계단을 천천히 내려와 다시 숲으로 들어간다. 몸이 가볍다.

양미자

작은 것들을 위한 하루가 저물어 갈 무렵
아픈 그리움으로
그저 바라보기만 하는 고추 마을의 저녁노을

P R O F I L E

충남 논산 출생. 아주대학교 대학원 교육학 석사 졸업. 2006년 『문학시대』 시 부문 신인상 등단.
현) 동남문학회, 수원문인협회회원. 10회 동남문학상 수상.

그리움만 커가는 밤에

살면서 마음 부대끼고
몸이 곤하여 바닥으로 내려앉으면
밀려오는 어떤 그리움으로 젖은 눈이 될 때가 있습니다.

외려
당신의 애정 어린 염려가
거북살스러워지는 그런 날이 있습니다.

더 철저한 홀로됨이
숨죽여 소망하던 소싯적 풋사랑의 화첩을
펼치게도 합니다.

이런 날
정 깊던 여고시절 옛 지기와
향 깊은 찻잔을 마주하고
그냥 바라만 보아도 좋겠습니다.

괜스레 그리움만 커가는
그런 밤입니다.

늦가을, 그 안에서

혹독한 그리움, 계절 위에 노랗게 앉았다가
늦가을 식은 바람 멍석 말 듯 떨군 잎을 굴리고
쪼글거린 은행 열매 여인네 뒤축에 밟혀
구린내도 함께 뒹군다
둥글게 말린 어제가 거꾸로 굴러간다
지병인 듯 젖어가는 갈바람에 떼꾼한 두 눈 던지고
침잠한 회색빛에 깊이 몸을 묻으니
조몰락거리던 시어가 너덜거리다 숲에 걸렸다

순연했던 인연의 그림자 자박자박 걸어오고
통기타 선율 토막 난 끈을 물고 와
선명하게 찍힌 너의 무늬 이렇듯 커져만 간다
그렁거린 눈물에 밑그림이 흐릿해지는 오늘,
조청 같은 옛 기억에 갇히는 하루

양미자

개구리, 우물 밖 세상을 내딛다

낙엽 몇 점 한숨처럼 떠 있고,
오래된 우물 안
개구리가 느린 발헤엄으로 물이끼를 차면
숨었던 시궁창 냄새 연기처럼 번진다
진물이 마르지 않는 퉁퉁 부어오른 그의 눈두덩
온몸 사르르 맥을 놓을 즈음
세찬 빗줄기 옆구리를 걷어차더니
뒤집힌 우물이 하늘과 맞닿았다

물 위에 떠있는 나뭇가지 지렛대 삼아
혼신으로 뛴다

우물 밖 세상,
햇빛은 그쪽만 비추고 있었던 게다

이슬 먹은 샛초록 풀 냄새
발끝에 닿는 융단 같은 여린 잎새

그에게도 들리는 바람의 노래

하늘 입은 개구리 눈치를 살핀다

조촘조촘 내딛는 새 땅

아직, 발끝이 시리다

양미자

흔적

네게로 난 길은

먼지 풀풀 날리는 자갈길이었다

구두 뒤축 벗겨질까

그 길로 몸을 기울이지 않으려 용을 쓰다가

넘어져 무릎에 난 생채기,

별것 아니려니 딴청을 피워도

제 홀로 커져만 가고

속 곪아 욱신거리는 알싸한 고통이 나를

사나흘이나 가두었다

입술을 앙 다물고

깊은 속 고름까지 눌러 짜버렸다

하루에도 몇 번씩 상처로 손이 가던 시간들,

(상처는 나을 때 가렵다)

아픈 듯 근지러운 자줏빛 딱지를

살살 뜯어보는 버릇 같은 손끝의 쾌감,

어느새 호젓한 놀잇감 되어

쪼그라드는 살 속에 뿌리를 내렸다

동그라미에 갇히다

낯선 도시로 뻗은 8차선 고속도로

너를 향한 그 길을

한 번쯤 과속으로 달려보고 싶은 것은

무릎의 흔적, 가끔씩 더듬어보는

꿈의 식량인 까닭이다

말의 온도

김장을 했다
죽은 생선 모양으로 굳어져 바닥에 몸을 부릴 것 같아
서둘렀다
가장 이쁘고 얌전하게 앉힌 김치 통 두 개를 차에 실었다

예전엔 흰 눈 설설 내리는 마당에서
맨손으로 100포기 넘는 겨울 양식 준비하셨다는 어머니
요즘 것들은 따뜻한 방 안에서 장갑 끼고 시답잖게 김장하고선
서방에게 호령한다고 덧대시는 어머니
영하의 입김이 내게 급속으로 훑어내려
겨울 강가 발가락 사이사이 살얼음 진 갈대가 되었다

돌아오는 길, 잠시 친정에 들러
비닐봉투에 넣은 생굴 겉절이를 식탁 위에 올려놓았다
뭐 하러 예까지 가져왔냐면서
잠깐 허리라도 펴라 베개를 꺼내시는 어머니
시린 가슴 역류하여 절로 눈물 고이고

베개의 온기 빠른 피돌기로, 어느새 나는
물 올린 봄꽃 나무 되었다

나를 키우려고 때로 살얼음이었을
나를 비우려고 때로 녹아지는 촛농이었을
내 세치 혀를 가늠해 보고 살짝 움츠러드는 착한 밤이다

남정연

삶은 무수히 많은 선택들이
만들어 놓은 결과이다.
조금 더 나은 선택을 할 수 있는 지혜가
늘 함께 하기를.

+ 수필 작품 | 나는 너의 영원한 노래여 | 겨울 속의 봄

빗방울들의 행진곡

P R O F I L E

2014년 『문파』 신인상 수상으로 수필 부문 당선 등단. 동남문학회, 문파문인협회, 한국수필회원.

나는 너의 영원한 노래여

　　요즘 들어 트로트가 꽃잎처럼 귀에 내려 든다. 굳이 트로트가 아니어도 가사가 좋은, 조금은 옛날 버전의 서정적 노래가 맴돌아 찾아 듣고 있다. 트로트만 생각하자면 어느새 편하고 쉬운 멜로디가 익숙한 나이대가 되었나 하고 가벼운 자괴감이 들지만 한편 인생의 의미를 알아가는 성숙의 과정을 지나고 있나라는 생각에 묘한 설렘이 느껴진다. 가사가 좋은 노래를 듣고 있노라면 그 노랫말들이 그림처럼 펼쳐진다. 언어의 묘미다. 멜로디의 상상력이다. 노래가 주는 행복이다. 내가 직접 부르지 않아도 즐거움이 배가 되는 순간이다.

　　"이렇게 좋은 날엔 이렇게 좋은 날엔 그 님이 오신다면 얼마나 좋을까 아아~ 꽃밭에 앉아서 꽃잎을 보네 고운 빛은 어디에서 왔을까 아름다운 꽃송이" 가사가 좋은 노래 중 즐겨듣는 노래의 한 소절이다. 햇살 좋은 봄날 꽃밭에 피어있는 빛 머금은 꽃잎을 보며 사랑하는 사람을 떠올리는 모습이다. 따사로운 봄 햇살만 느껴도 온몸에 아지랑이 피어오르듯 황홀할 텐데 꽃들을 바라보는 그 심정은 오죽하랴. 그 순간 사랑하는 사람이 생각나는 건 당연지사이고 또 함께 하고 있지 않음에 쓸쓸함이 소나기처럼 밀려들었을 것이다.

　　사랑하는 사람과 함께 있다가 피치 못할 사정으로 잠시 헤어져야 했던 그 마음이 쓸쓸한 꽃밭 자체가 아닐까? 고운 듯 나른한 꽃잎은 더욱 처연하지 않았을까? 함께한 시간은 귀퉁이까지 환한 '꽃밭'이었을 것이다. 그가 떠나고 없는 지금은 그 꽃밭에 나가 한 올 한 올 추억을 잡으며 눈물도 흘렸을 테다. 그러면서 슬프도록 아름다운 봄날을 노래했을 것이다. 쓸쓸함을 노래하며 쓸쓸함을 달랬을 것이다. 안개처럼 휘감아드는 쓸쓸함에 스러지지 않고 노래로 나타낼 수 있는 그 용기가 부럽다.

　아주 어렸을 적 내 꿈은 가수였다. 그것도 댄스 가수. 그 나이 때의 소녀들이 흔히 가질 만한 꿈이 가수였을지 모르겠지만 구체적으로 댄스 가수라고 확정한 건 나로서도 좀 의외다. 노래를 썩 잘했던 기억은 없다. 그렇다고 춤을 보기 좋게 잘 추지도 않았다. 다만 텔레비전에 나온 어느 여가수의 현란한 춤이 내 혼을 쏙 빼어놓았던 것 같다. 그래서 막연하게 그녀를 동경하며 더욱 막연하게 댄스가수를 장래 희망 란에 써 놓았던 기억이 있다. 그 가수의 노래를 부르며 어설픈 몸짓으로 추던 춤이 부모님 앞에서는 토끼 춤으로 전락했다. 원작의 현란한 춤이 토끼 춤으로 변모했지만 부모님의 즐거워하는 모습은 삼십여 년이 지난 지금도 눈에 선하다. 잠시나마 부모님의 마음을 기쁘게 해드릴 수 있었던 노래와 춤에게 감사를 전한다.

　부모님이 일하시던 들길을 따라 언니와 손을 잡고 노래를 부르며 종종거리며 걸어 갔었다. 양쪽으로 풀이 무성한 좁은 농로를 따라가는 길은 언제나 긴장됐다. 풀섶에서 뭔가 툭 나올까 봐, 그로 인해 놀라서 정신없이 소리를 지를까 봐 경계의 끈을 놓지 못하고 걸었다. 그럴 때 언니와 손을 잡고 걸으며 부르는 노래는 얼마나 위안이 되었던지. 두려움은 이미 풀섶으로 보기 좋게 던져졌을 것이다. 우리가 함께 불렀던 노래는

다양했다. 음악시간에 배운 노래가 있는가 하면 텔레비전 만화 주제가가 있었고 때로 나이에 어울리지 않게 청승맞도록 조숙했던 노래도 불렀다. 두려움 내린 풀숲에 노래는 환한 등이 되어 발길을 밝혀 주었다.

엄마의 십팔 번은 '용두산 엘레지'다. 한 번씩 동네잔치가 있을 때 농사일을 잠시 헛간에 세워놓고 다녀온 엄마는 "산아 산아 용두산아 너만은 변치말자…" 하며 나름 개사를 하며 노래를 부르셨다. 늘 들로 산으로 일하러 다니랴 검게 그을린 얼굴이 그날만큼은 환해졌다. 고된 삶이지만 회피하지 않고 노래 속에 삶을 응축시켜 고운 목소리로 빚어내셨다. 환한 엄마의 얼굴이지만, 맑은 음색이 꺾어지는 엄마의 노랫소리지만 엄마의 노래를 듣고 있노라면 왠지 가슴이 아팠다. 노래를 부르는 현재의 모습과 엄마의 고된 실제 삶이 겹겹의 내洲를 두고 있기 때문이었을 것이다. 그럴지라도 엄마는 행복했을 것이라 믿는다. 엄마가 좋아하는 노래를, 동네잔치를 핑계 삼아 누구의 눈치도 보지 않고 맘껏 부를 수 있었을 테니.

쓸쓸함이 훅하니 끼쳐 들어올 때, 답답함이 목메 듯 에워쌀 때, 삶이 억울할 때, 기쁨이 너울너울 춤을 출 때 노래는 언제나 내 곁에 그리고 우리 곁에서 준비하고 있다. 내가 그를 외면하지 않는 한 그는 언제고 장승처럼 그 자리에 서서 마음의 손짓을 기다리고 있다. 비어있는 마음 밭에 찾아와 옥토가 되도록 천천히 그러나 있는 힘을 다해 언어의 씨를 뿌리고 멜로디 거름을 풍성히 덮어줄 것이다. 노래라는 행복한 열매가 맺힐 때까지.

겨울 속의 봄

가지만 앙상하게 남은 남천나무에게서 몽글몽글 초록빛이 돋았다. 한때 작은 잎들이 무성하던 것이 시름시름 앓더니 잎이 다 말라갔다. 나의 과한 욕심이었다. 더욱 사랑하고자 한 것이 오히려 해가 되어 견디지 못한 것이다.

초록의 풍성한 여름이 지나고 막 가을이 될 무렵 마른 잎으로 하나 둘 떨어지더니 어느 틈엔가 나무 전체가 다 말라버렸다. 가위를 들고 끝부터 조금씩 잘라나갔다. 그렇게 조금씩 시작된 가위질은 앙상한 가지만 남겨졌을 때 멈추었다. 내년 봄에 다시 살아날까 희미한 소망 한 가닥 남겨놓고 베란다 원래의 자리에 뒀다. 물론 물 한 모금 적셔주지 않은 채로.

첫눈이 내린다는 소설小雪. 남천은 몽글몽글 초록빛을 피워냈다. 늦가을 비로 하늘이 잿빛이던 오늘, 남천은 보란 듯이 그러나 수줍게 잎을 틔웠다. 포기하지 않고 혼자 속앓이하며 애썼을 남천이 눈물겹다.

삶의 큰 변곡점이 될 문제 앞에 마음이 어지러웠다. 불어난 강물 앞에 놓인 징검다리를 혼자 건너야 할 어린 소녀와 같았다. 건너야 할지 말아야 할지 혼자 갈팡질팡했다. 되돌아가자니 앞만 보고 달려온 그간의 노력들이 허사로 돌아가는 것 같아 눈물이 났다. 건너가자니 불어난 강물에 자칫 발이 빠져 휩쓸려 갈 것 같은 불안감이 찾아들었다. 이러지도 저러지도 못한 마음은 병이 되어 일주일을 의기소침하게 지내고 주말 이

틀을 꼬박 침대 속에서 빠져나오지 못한 채 굴을 파게 했다.

무기력했다. 할 일이 너무 많아 아무것도 하기 싫었다. 결정해야 할 일들에서 도망치고 싶었다. 무작정 잠으로 빠져들었다. 어떻게 할 거냐고 마음이 채근할 때 애써 모른 체했다. 철저히 외면하고 멀리 도망치고 있었다.

그러던 오늘 앙상한 나무줄기 곁에서 작고 여린 순으로 초록빛을 틔운 남천을 보고서 깨달았다. 저 여리고 미물인 식물도 인고의 시간을 보냈구나. 남모를 설움과 잎 떨어낸 자책을 딛고 몽글몽글 소망을 피워냈구나. 아픔과 초췌함을 견딘 끝에 초록빛 감탄을 쏟아냈구나.

패잔병이 널브러진 언덕에서 다시금 전열을 가다듬고 기치를 앞세우는 장수처럼 마음이 발딱 깨어났다. 지금 하지 않으면 언제고 후회하게 될지도 모르는 일, 어떤 시련과 아픔과 상처가 있을지라도 나아가야 하는 것이 내 길임을 숙명처럼 느껴졌다.

봄도 아닌 깊은 가을을 지나 겨울로의 문턱에서 잎을 틔워낸 남천은 내게 위로를 주고자 함이 분명했다. 전처럼 너무 가까이서가 아닌 한 걸음 물러나 사랑할 것이다. 그처럼 작은 잎을 본 석 없는 순전한 기쁨과 놀라움이지만 흥분하지 않고 적정거리를 유지하며 바라볼 것이다.

앞으로 나아가야 할 길 앞에서 나는 남천과 동행할 것이다. 겨울 속에서 만난 봄과 함께. 그가 보여준 인고의 세월을 배울 것이다. 무럭무럭 잎이 자라고 윤기나도록 건강해지고 어느 겨울엔 가는 빨간 구슬 같은 열매를 주렁주렁 맺을 그날을 함께 맞이할 것이다.

빗방울들의 행진곡

유난히 길었던 장마가 서서히 그 막을 내렸다. 그러나 오랫동안 점령하고 있던 비의 기운이 쉬이 물러나기 아쉬웠던지 이내 태풍이 찾아든다. 태풍의 영향으로 비는 또다시 여러 날, 강하게 내린다. 장마나 태풍이 아니어도 이곳은 바다를 바로 옆에 두고 있어서 거의 여름 내내 비가 내린다. 아침나절 잠깐 흩뿌리고 멈추는 한이 있어도 비는 언제나 제 모습을 드러내고 사라지곤 했다. 허공과 구름 속에서 숨바꼭질하는 어린아이의 모습으로 천진난만하게 찾아든다. 비를 좋아하는 내게 선물이라도 주려는 듯 무시로 다가온다. 비 오는 날이 일상이 돼버린, 오지 않으면 왠지 허전하기까지 한 곳에서 나는 예쁜 비들을 만난다.

코로나19로 미뤄지는 1학기 개학을 앞두고 아이들과 원격수업을 시작했다. 모든 수업이 그렇겠지만 특히나 언어 수업은 학습자들과 대면수업 하는 것이 단연 좋다. 다른 수업의 밑바탕이고 기초인 언어 수업, 즉 한글 문해는 교실에서 판서를 해 가며 아이들과 소통하는 것이 가장 좋다. 효과에 있어서나, 숙달도 측면에서 최상의 방법이기 때문이다. 그러나 코로나19는 우리의 일상뿐 아니라 교실풍경을 이전에 겪어보지 못한 상태로 이끌었다.

SNS 계정인 카카오 페이스톡 플랫폼으로 1:1 비대면 수업을 시작했다. 교사인 나도 처음, 학생들도 처음인 수업 방식에 꽤 어색하고 부자연스러운 첫 시간을 보냈다. 학생이 휴대폰을 어떻게 고정시킬 줄 몰라 수업 내내 화면이 흔들려 머리가 어지러웠던 시간, 화면이 학생의 얼굴을 비추지 않고 천장을 비추던 모습, 수업하다 화장실 다녀온다며 화장실 다녀오는 과정이 의도치 않게 실시간 중계됐던 편린들이 지금은 모두 재미있고 아름다운 추억이 되었다.

다문화 가정에서 자란 아이들은 대부분 한글 자·모를 모른 상태로 초등학교에 입학한다. 게다가 맞벌이 가정의 아이들은 그럴 확률이 더욱 높다. 서우(가명, 8세) 또한 그랬다. 태국 국적의 엄마와는 집에서 늘 태국말로 소통을 했고 한국 문화를 접할 기회가 많지 않았다. 돌봄교실에 왔던 서우와는 매일 교실에서 대면 수업을 실시했다. 물론 마스크를 쓰고 수업 전후 확실한 방역을 하면서. 학교라는 울타리에 처음 들어온 아이는 작은 새처럼 불안하고 속내를 잘 드러내지 않은 조용한 아이다. 한글을 몰라서인지 더더욱 의기소침해 보였다.

서우는 조금씩 그러나 눈에 띄게 발전해나갔다. 음가를 알고 글자 조합의 원리를 알자 막힘없이 술술 읽고 썼다. 받침 있는 글자도 척척 읽을 수 있었다. 왼손으로 글씨를 쓰는지라 힘겨워 보이긴 했지만 한 자 한 자 꾹꾹 눌러 정성껏 써나가는 모습이 너무도 사랑스러웠다. 학기가 다 끝나기 전에 책 한 권을 떼고 업그레이드해서 공부를 하고 있는 지금은, 이제 한글 공부를 그만 시켜도 될 것 같다. 열심히 먹이 물어다 날라 새끼에게 먹이고 키워서 둥지 밖으로 날려 보내는 어미 제비의 마음이 이러할까 싶다. 여우처럼 영리하고 깜찍한 서우는 내게 '여우비'[1]로 교실에 들어온다.

개학 후 아이들은 짝, 홀 번호로 일주일에 한 번씩 등교했다. 등교하지 않는 날에는 영상으로, 등교 날에는 교실수업을 진행했다. 욕심내지 않고 기초부터 탄탄히 채우리라는 다짐으로 아이들 눈높이에 맞춰 찬찬히 소통했다. 영상 수업은 아이들을 잘 파악할 수 있는 의외의 매개체가 되었다. 수업 전후로 짤막한 안부 인사를 나눴고 그러다 보면 아이들은 속내를 잘 드러내곤 했다. 유쾌하고도 의젓하며 귀여움 가득한 아이들과 수업을 하다 보면 시간은 금방 지나가 버린다. 우리의 수업은 시원하게 내리다가 즐겁게 끝나는 '줄비'[2]였다.

네 살 터울의 형이 있는 석민(가명, 8세)이는 수업 때마다 형이 옆에서 텔레비전을 보거나 장난을 쳐서 수업 흐름을 깰 때가 많았다. 화면에 얼굴이 보이자마자 울음을 터트려 마음이 아린 적도 있었다. 동그란 이마가 귀엽고 사랑스러운 석민이는 그러나 수업이 시작되면 언제 그랬냐는 듯 의젓함을 보였다. 수업이 끝나고 인사를 할 때면 앉은 자리에서 뒤로 발랑 넘어지는 재주를 보여주기도 한다. 영상 수업이 주는 묘미이다. 자신의 감정과 이야기를 전할 수 있는 개성과 아이다움을 맘껏 드러내는 소통 창구가 되어주기 때문이다.

멀리 지방에 가 계신 아빠와 역시 직장에 나가는 엄마를 대신해 형과 함께 집을 보는 시간은 심심하고 무료하다. 다니던 지역아동센터도 코로나로 인해 문을 닫아 석민이는 더욱 풀이 죽었다. "아침은 먹었니?", "머리 참 예쁘게 다듬었구나", "석민이는 왜 그렇게 귀여운 거야?" 등의 석민이와 소통을 하다 보면 풀 죽은 모습은 조금씩 되살아난다. 거리두기가 우선시 될 수밖에 없는 상황이지만 복지사각지대에 놓인 아이들이 없었으면 하는 바람이 석민이를 통해 간절해진다. 석민이 역시 책 한 권을 다 떼고 새롭게 업그레이드한 책으로 두 눈이 더욱 초롱하다. 석민이는 내게 '단비'[3]다. 나 또한 석민이에 필요할 때 알맞게 내리는 단비 선생님이 되고 싶다.

한글을 모른 채 온라인으로 똑같이 수업을 시작하더라도 아이가 갖는 환경과 여건에 따라 편차가 발생한다. 진미(가명, 8세)는 처음보다 그 끝이 확실히 창대해졌고 무궁무진하게 발전을 하고 있다. 처음 시작했을 시 같이 시작했던 아이들에 비해 받아들이는 속도가 더뎠고 따라서 진미한테는 더더욱 욕심내지 않고 속도를 늦췄다. 약간은 오버 섞인 리액션으로 아이를 칭찬하고 같이 웃어줬을 뿐인데 아이는 날마다 눈부시게 자라가고 있었다.

떠듬떠듬 낱말을 읽던 진미는 어느새 자신감 있게 글을 읽는다. 아이 특유의 천진함과 유쾌함을 고스란히 드러내어 수업 시간이 마냥 즐겁다. 거실에서만 수업을 하다가 처음 진미 방에서 수업을 하던 날, 영상을 통해 진미는 방 자랑을 했다. 분홍색 의자와 분홍색 책장이 놓인 방은 여자 아이의 환상이 담긴 동화 자체였다. 부모님의 관심과 사랑이 엿보여 괜스레 내가 더 즐거운 날이었다. 금요일마다 한 주 동안의 피드백을 보내오시는 어머니를 통해 안정된 아이의 정서는 학습능력을 더욱 신장시킬 수 있음을 깨닫는다. 꽃잎처럼 환하게, 빛을 뿌리듯 흩뿌리는 진미의 웃음소리가 귓가에 '꽃비'⁴⁾처럼 파고든다.

얼굴이 하얗고 동그란 별이(가명, 8세)는 늦잠을 자서 잠에서 덜 깬 채로 수업을 할 때가 종종 있었다.'잠비'⁵⁾를 가득 품은 아이다. 부스스한 머리는 머리띠로 대충 고정시키고, 잠이 덜 깨 수업 도중 화면을 향해 하품하는 모습이 천상 아이다. 그 모습이 귀엽고 재미있어 나도 모르게 배시시 웃는다. 어린 별이지만 어느 때는 제 또래보다 훨씬 조숙함이 느껴진다. 아이다움 너머에 내가 알지 못하는 성숙함이 깃들어 있다. 짧게나마 매일 영상으로 보는 선생님에게 별이는 조금씩 마음을 열었다. 엄마가 둘인데, 한 분은 키워주시는 엄마, 다른 한 분은 낳아주신 엄마가 있다는, 조금은 의아한 얘기를 했다. 그건 바로 친엄마와 외할머니의 관계를 별이의 시선으로 전해준 거다. 직장을 다니는 엄마 대신 외할머니가 별이를 키워주시는데, 그런 외할머니에게도 별이는 엄마라 부르고 있었다.

학기 초 별이는 수업 시작하면 책만 준비할 뿐 연필, 지우개는 수업하다 그때그때 할머니의 도움을 받았다. 음가를 익히는 것도 받침 있는 글자를 읽는 것도 버거워했다. 동그란 얼굴이 찌푸린 표정을 짓고 짜증을 내면 갑작스레 '날비'⁶⁾가 내렸다. 그러나 별이는 영특한 아이다. 짜증 내지 말고 차근차근하자며 다독였다. 수업 시작 전 미리 책과 필기도구를 준비하자고 약속하면 "네!" 하며 청량한 목소리로 대답한다. 점차 자신감을 갖고 수업에 임한 별이는 요즘 하얗고 동그란 얼굴이 더욱 빛난다. 대면 수업으로 다독였다면 선생님의 잔소리로밖에 들리지 않았을지도 모른다. 매일 영상 수업을 통해 조금씩, 가랑비에 옷 젖듯 별이의 바른 습관이 만들어지고 있었다. 그런 별이도 어느새 책 한 권을 다 떼고 친구들과 발맞춰 나가고 있다. 빗방울들의 행진처럼.

유아기 시절 가정 사정으로 인해 한글을 제대로 공부하지 못한 현남(가명)이는 매번 짠하다. 한글 공부보다 아이의 마음을 어루만지는 게 우선인 것 같아 아이의 이야기에 집중하려고 한다. 시선을 피하는 현남이를 여러 번 불러 눈을 맞추면 공허함을 보내온다. 분식집을 하는 엄마의 식당 한 켠에서 아침마다 영상으로 소통하는 현남이. 동생의 수업을 위해 영상을 열고 책을 준비해 주는 의젓한 형 현소(가명). 화면 너머로 매번 현소에게 고마움을 전한다. 언젠가 한글을 다 떼고 글을 잘 읽을 수 있는 현남이는 반짝이는 '구슬비'[7]로 제 가슴에 묻힌 이야기들을 시원하게 씻어낼 것이다.

영상 수업이 주는 특별한 혜택이다. 소중한 발견이다. 가끔 아이의 부모님을 뵐 수 있고, 더 자주 아이들의 형제를 만날 수 있으니. 동생을 위해 시간을 내어 도와주는 현남이에게서는 갓 열 살을 넘긴 아이지만 맏이의 든든함이 느껴진다. 영상 수업이 아니었다면, 교실에서의 대면 수업만 이루어졌다면 형제 관계를 쉽게 가늠할 수 없었을뿐더러 아이의 환경 또한 알지 못했을 것이다. 알기에 더 이해할 수 있다. 지식 전달이 다가 아닌 마음으로 가슴으로 보듬을 수 있는 교사가 되어야 함을 다시한번 다짐하는 계기가 된다.

베트남에서 중도입국한 지 1년 반이 조금 넘은 영준(가명, 12세)이는 읽고 쓰기를 잘했다. 그에 비해 말하기 영역은 현저히 차이가 났다. 체류

기간이 길어질수록 말의 숙달도는 향상되겠지만 체계적 표현을 하기란 쉽지 않다. 하여, 제 이야기와 뜻을 제대로 전달하려는 데 목적을 두고 수업을 진행했다. 이를테면 하나의 단어나 주제가 나오면 그에 관한 다양한 이야기를 끄집어내고 연관 짓는 방법이다. 마치 생각 그물처럼 자유롭게 연상하고 계속 말을 만들어나가는 것처럼. 하고 싶은 말을 제대로 전달하지 못해 쭈뼛대던 영준이는 지금은 수다쟁이가 되었다. 본인 스스로가 '이야기 재주꾼'이라 부를 만큼.

'이야기 재주꾼'에게 올여름 가장 많이 들었던 내용은 여름휴가였다. 주말마다 강원도에 가서 지냈던 이야기. 가서 바비큐를 먹고 빗속에서 물놀이를 했던 즐거운 경험. 시골집에 벌레들이 많아 무서웠다는 귀여운 이야기들. 이야기를 하다 막히면 "선생님 이거 뭐예요?" 하며 힘껏 음의 고저를 넣어 너스레를 떤다. 영준이의 이야기를 듣노라면 어렸을 적 시골의 여름밤이 생각난다. 은하수가 흐르던 맑은 여름밤, 그렇게 흐르던 은하수는 어느새 비가 되어 가만가만 내렸다. 영준이는 조용히 내리는 '밤비'[8]처럼 끝도 없는 이야기를 풀어내고 있다.

아픈 손가락이다. 아프다 못해 '얼음비'[9]로 내 마음을 차갑게 적신다. 5학년이지만 한글을 못 뗀 문영(가명, 12세)이는 또래에 비해 체구가 작다. 그러나 팔 힘은 굉장히 세서 수업 전후로 늘 팔씨름을 하자고 요구한다. 못 뗀 한글을 팔씨름으로라도 대체하려는 듯이. 그렇게라도 제 존재감을 드러내려는 듯이. 여러 사정으로 인해 문영이는 거의 매일 교실로 와서 수업을 하고 간다. 그러나 시간 약속을 밥 먹듯이 어겨 늘 전화 통화로 실랑이를 벌인다. 힘겹게 와서도 선뜻 수업에 임하지 않는다. 교실을 돌아다니거나 불필요한 행동들을 하여 집중력을 창밖으로 던져버린다.

아이를 이해하려고 한다. 아이의 상황을 받아들이고 교사로서 도움 줄 수 있는 방법을 모색하려고 한다. 왜 화가 나고 짜증이 나는지, 왜 머리가 아픈지, 왜 밥을 못 먹고 밖으로만 나도는지. 이해하는 만큼 마음이 아프다. 가정에서 온전한 보살핌을 받지 못한 아이는 몸과 마음이 제 뜻대로 되지 않았다. 다행히 학교 차원에서 점심 식사와 상담이 제공되어 아이는 변화해 가고 있다. 오늘도 교사가 짚어주는 글자 위로 떠듬떠듬 읽는 문영이의 목소리는 자신감이 없다. 언젠가 자신감이 붙어 카랑카랑하게 읽기를 '억수'[10]처럼 축복한다.

모두 올해 만난 나의 소중한 '첫비'[11]들이다. 옥터에 떨어진 비들은 싹을 틔우고 식물을 가꿔 풍요로움을 선사하듯 이 사회와 세상을 아름답게 수놓을 것이다. 무궁무진한 존재들이다. 헤아릴 수 없는 잠재력을 가진 각각의 우주들이다. 이러한 아이들은 생채기 난 나의 마음도 푸르게 가꿔나갔다. 그래서 아이들과 수업한 일련의 시간들이 종당에는 자신을 치유하는 과정이 되었다. 마음을 어루만지는 반창고가 되었다.

타자를 이해하게 되고 공존의 의미를 되찾는 깨달음의 시간이다. 다문화가정의 아이들은 차별해야 할 대상이 아닌 상생의 대상이다. 가정과 학교가, 사회와 시민이 협업하는 시민 연대의식이 향상되어야 하며 나아가 정책적으로 상호 문화감수성이 문화 저변에 자리 잡아야 할 것이다. 그럴 때 이 세상은 더욱 조화롭게 굴러가리라 믿는다.

코로나19가 끝나고 아이들이 마음껏 학교에 오가며 신나게 뛰놀 수 있기를, 일상이 평범한 일상이 되기를 간절히 바란다. 그래서 나는 오늘도 "아이들이 뛰노는 땅에 엎드려 입 맞추고 싶은(김용택)" 심정으로 비에 젖은 운동장을 바라보며 기도한다.

본문에 나온 각 비의 말은 순우리말로서 국립국어원 단어검색을 통해 참조함.

1) 여우비 : 햇볕이 있을 때 잠시 내리다가 그치는 비.
2) 줄비 : 끊임없이 쫙쫙 내리는 비.
3) 단비 : 꼭 필요한 때에 알맞게 오는 비.
4) 꽃비 : 꽃잎처럼 가볍게 흩뿌리며 내리는 비.
5) 잠비 : 여름에 일을 쉬고 낮잠을 잘 수 있게 하는 비라는 뜻으로, 여름비를 이르는 말.
6) 날비 : 비가 올 징조도 없이 오는 비.
7) 구슬비 : 빗방울이 맺히는 모양이 구슬처럼 맑고 투명하게 맺히는 모양에서 나온 말로, 가늘게 내리는 비.
8) 밤비 : 밤에 오는 비.
9) 얼음비 : 빗방울이 얼거나 눈이 거의 녹았다가 얼어서 오는 비.
10) 억수 : 물을 퍼붓듯이 내리는 세찬 비.
11) 첫비 : 그 해나 그 철에 처음으로 내리는 비.

장선희

나 어쩌죠?
보이기 시작해요
올해로 2년 차 돼요

+ 시 작품 | 엄마의 소리 | 착시 | 사태한 어린 기억 | 평범한 고통

P R O F I L E

충남예산 출생. 동남문학회 회원.

엄마의 소리

길모퉁이부터 들려오는 방망이질 소리

한 발 한 발 집에 다가갈수록

점점 더 크게 들리던 엄마의 소리

툭 탁 탁 툭 탁

마른 흙길 적시는 장대비처럼

마냥 좋다

빨래판에 누워 방망이로 맞고 있는 것은 무엇일까

두꺼운 것인지 얇은 것인지

상상하며 자연스레 맞추던 어린 시절

면양말 청바지 티셔츠 속옷 걸레…

그때는 몰랐다

겹겹이 쌓인 멍울진 엄마의 만시름이

방망이질 소리라는 것을

유독 삶은 빨래에서 엄마의 향기가 짙었던 이유를,

엄마는 자신의 시련의 삶을

툭. 탁. 탁. 툭. 탁.

방망이 소리에 담아

그렇게 신음하듯

울부짖었다

착시

어둠이 메워진 깊은 밤,

가려진 커튼 한 장

툭, 떨어진 자리

한 장 크기의 창이 생겼다

몽롱한 채 바라본 옥빛 베란다 블라인드

블라인드를 사이에 두고 신경전이 치열하다

미동도 없이 무덤덤하게 쳐다보는 수십 개의 동그란 눈

순식간에 방충망 뚫고 무단 침입 한 불빛은

방안을 은하로 만들고

수십 개의 눈으로 구석구석 훑어보다

앉아 있는 나와 눈이 마주쳤다

누구냐 너희는?

막연한 두려움에

광활한 우주공간 이름도 없이

잠든 빛을 깨워 수십 개의 별자리 이름을 지어주었듯

사람의 관계도 연관성을 찾고자 집착하는 것일까

밤이 깊어질수록

블라인드 창에 새겨진 하얀 그림자는

하나 둘 사라지고

나무숲 사잇길을 밝히는 노등의 빛무리만이

기꺼이 찾아오는 어둠을 찬양하듯 서있다

사태한* 어린 기억

기억 저변 돌돌 말아 둔 추억의 판도라 상자
딸깍 소리에 아이 시선으로 저장된 필름 카메라 사진들이 펼쳐진다

비 오는 날 아빠가 잡아 온 민물고기가 비좁은 양동이 안에서 탈출하려고 일을 일으킬 때 움직임이 작은 제일 큰놈부터 배를 갈라 내장을 꺼내고 대가리를 자른다 잘린 대가리는 무표정한 눈으로 나를 보고 있다 차곡차곡 쌓이는 내장과 대가리는 피와 섞여 역한 냄새가 난다 속이 빈 생선들은 소갈머리 없이 몸통만이 얼큰한 매운탕으로 만들어진다 산림욕장 위로 느닷없이 찾아온 목화송이 같은 구름 회색빛 안개 피우며 아래로 아래로 장대비 쏟아붓던 날 솔밭 구릉마다 차오르는 물줄기 피해 서둘러 텐트를 접어야 했던 피서 무더운 7월의 한낮, 휴가 간 저수지에서 끓여 먹었던 라면 불은 어떻게 피웠는지 물은 어디서 공수해 왔는지는 모를 그저 라면 끓이던 엄마의 뒷모습만이 선연하다

듬성듬성 구멍 난 기억들
잃어버린 기억의 편린들은 함께 했던 누군가의 기억 상자에 숨어 있겠지

동그라미에 갇히다

달팽이가 지나간 자리에 끈적이는 흔적이 남아있듯

우리 몸은 스스로 행복을 찾아내는 비밀을 가지고 있나 보다

잊힌 듯한 그것과도 함께 살아가는 오늘

사태한 구름 사이로 내민 파란 하늘이 불현듯 현재와 과거를
넘나드는 타임머신 통로처럼 기억의 회로에 빨려 들어가는 블
랙홀 같다

---

* 사태하다 : 사람이나 물건이 한꺼번에 많이 몰려나옴을 비유적으로 이르는 말.

평범한 고통

비를 받아들인다

혹여 스며들까
초연히 길 위에 누워 있는 젖은 낙엽들
매년
반복적으로
오늘만을 사는 그들에게
시간 개념은 없다
오직 현재밖에

고통도 없다

원경상

하얀 글밭에 시를 뿌린다

+ 시 작품 | 가장 위대한 사랑 | 까치 집 | 결혼 주례사
제일 아픈 손가락 | 사랑과 이별 | 붉은 소나무

P R O F I L E

과천 출신. 문파문학 시부문등단. 수원문인협회 회원. 저서 : 『언어의 그림』. 공저 : 『그림자 놀이』
외 다수.

가장 위대한 사랑

문전옥답 산과 들 바다에서 태어나
목욕 재배하고 펄펄 끓는 솥에 들어가
맛있게 익어 밥상에 올라왔다

너를 위해 태어나 다 바친 진수성찬
수깔 젓갈 들고 꼭꼭 씹어 삼키시라 가는 길
소우주 구경하다 잠이 들리라

까치 집

생년월일 1990년 9월 20일
수원시 화서 1동 100번지 11에서
태어나 산전수전 모진 풍파 겪으며
서리 맞았다

건축 나이 30년 백설이 휘날린 긴 세월
뼈는 금 가고 살 찢겨 피로 얼룩진
흉터투성이 개미 이사 가는 날마다
온몸이 날궂이 했다

개똥밭에 굴러도 세상이 좋다기에
살고 싶었다. 명의에 대수술 기둥 중방
갈아 끼우고 꽉 마힌 핏 길 뚫리니
활기찬 오장육부 살맛이 난다.

결혼 주례사

봄이 찾아와 동토 녹인 양지에
맑은 샘이 흐르고 연분홍 꽃 피는
옹달샘 터 갈대가 흔들린다.

입산금지 너머로 나비 족적 찍으니
열매에 고향 꽃처럼 피었다가 불타는
낙엽이 될 때까지

풀 역의 당부 말씀 반쪽에 반쪽을 더해
칼로 물 베드라도 하늘이 맺어준 인연
동쪽에서 서쪽까지 같이 가란다

제일 아픈 손가락

세대 차이 난다고
집 나간 비가 돌아왔다
바다는 비를 가슴에 꼬오옥
끌어안았다 말은 없었다

부모 슬하 떠나 방황하다
돌아온 제일 아픈 손가락
비와 바다는 한 몸이 됐다

밤새는 줄 모르고 하얀 눈물
흘리며 흐느끼는 소리 철석 철석
어두움 가시고 먼동이 튼다

사랑과 이별

내 앞에 빛을 놔두고
늘 등 뒤에서 검은 옷 한 벌 입고
나를 따라다닌 너

오고 가는 길마다 세월에 흔적
나이테에 숨겨놓은 그림자 찾아
밤 하늘 별을 본다.

신호일까 유난히 밝은 별 하나
눈빛이 반짝인다 안녕은 싫은데
흔드는 하얀 손수건

불타는 이 가슴 어이하라고
사랑은 눈물에 씨앗 만남은 이별의 시작
이라니 말은 말이어야 말이다.

붉은 소나무

봄꽃이 백 번을 피고 지고
낙엽이 떨어졌다 바위틈에 뿌리내려
잔주름 굵어 저도 천년을 살 것처럼
초록만을 고집했다

가을은 불타건만 철없는 솔방울은
허리 굽은 고목이 늘 그 자리 그대로
서 있을 줄만 알았는데 심근경색으로
숨을 거뒀다

코흘리개 솔방울이 큰 소나무 되어
석양을 바라보니 잔주름 굵어지도록
가시고기 삶 살다 붉은 수의 한 벌 입고
잠든 뿌리를 본다

정정임

옷장에서 옷을 고르듯
마땅한 시가 없어 고민해야 하는 이 시간

+ 시 작품 | 해바라기 | 이명 | 널 그리며 | 그늘 | 생일

P R O F I L E

충남 아산 출생. 계간 『문파』 시 등단. 시 낭송가. 동남문학회장. 한국문예협회 홍보이사. 수원문인
협회 사무차장. 동남문학상 수상.

해바라기

해를 잃었다

철렁 내려앉은 가슴 까맣게 타버리고

고개 숙인 해바라기 땅조차 볼 수 없다

대가 없는 노력에 메말라 버린 뿌리

단단하던 근육질 혈관조차 사라져

중심 잃은 꽃대만 위태롭게 서있다

느린 수액마저 거부한 그의 눈에

통통하게 영근 씨앗

툭

떨어지자

메말랐던 입술에 윤기가 흐른다

그를 바라보는 또 다른 해바라기

미소 지으며 해를 맞는다

이명

삐이익~
삐이익~
우루르륵 우르륵
와짝 와짝
달팽이관을 따라 시작되는
고막 속 작은 분열

날 세웠던 신경세포와 함께
뱅글뱅글 돌아가는
어지러운 세상

중심 잃은 작은 돌멩이 하나
세상을 뒤흔들고
집 잃은 사람들
발만 동동 구른다

치솟는 물가에

거품으로 가득 찬 집

화려했던 고층 아파트

깡통주택 난무하고

휘청

휘청

귓바퀴 속 비명소리

도심 속 한복판

여기저기서

그들에게만 들리는 이명

널 그리며

널
생각하면 웃음이 나
널
생각하면 후회가 돼
그리운 기억이
내 가슴을 두드린다

서성이다 서성이다
멀어지고 멀어지는

멀어지다 멀어지다
몽글몽글 피어나는

내 마음속 일렁이는
너울성 파도
그리움

그늘

소리 없는 그의 말이 더 크다
빛이 없는 그의 마음이 더 넉넉하다
털썩 주저앉아
속을 보여주지 않아도
이미 다 알고 있는

그의 마음속으로
들어가면 들어갈수록
평온한 휴식 같은 것
가리면 가릴수록 빛이 나는 온전한 사랑

쨍한 볕 한 줌 움켜쥐고
잠시 머물면
어느새 근심 걱정 사라지고
무지개 뜬다

생일

보드라운 날갯짓
세상을 향해
내딛는 첫걸음
순백의 세상이 내게로 온다

케이크처럼 달콤하게
촛불처럼 간절하게
희망 가득 실어
나에게로 달려온다

축복하고
축복하고
감사하고
감사한 날

기쁨이 넘쳐
사랑만 가득 쌓이는 오늘

전찬식

시를 쓴다는 것은
내 삶에 대한 감사와 찬양이라
그러니 시는 곧 나다

+ 시 작품 | 걸림돌 | 만추 | 철새 | 베일 | 낙엽

P R O F I L E

충남 금산 출생. 2017년 『한국시학』 신인상 등단. 2019년 동남문학상 수상. 한국문인협회, 문파
문학회, 경기시인협회, 수원문인협회. 수원문학아카데미, 동남문학 회원.

걸림돌

강바닥에
듬직하게 자리 잡아
참선하고 앉아있는 돌부처 사이로
무심히 흐르던 강물

웬 걸림돌이냐고
게거품 내뿜으며
삿대질해대기 바빴다

한참이나 지나서 돌아보니
그게 부처라

큰 깨달음
큰 부끄러움에
강물은 서로 토닥 토닥
어깨 다독여주며 흐른다
비행선 그으며 흘러간다

만추晩秋

참 우아하게도 취했다

푹푹 찌는 청춘의 열기 식히려
초가을부터 계속 마셔대더니만
사랑에 취해
빛바랜 색에 빠져
제 몸이 어디 있는지조차 모른다

술이 깨지 않도록
한잔
또
한잔
취한 채로
멋지게
우수수수
오로라처럼 펼쳐질
내 존재의
오메가 타임omega time

철새

이삭을 남겨라 이삭을
다 추수하지 말고*

늦가을에 찾아든 진객珍客
누구네 논이나 밭에 손해를
끼친 적 있더냐
터줏대감 행세하는 텃새나 그러지
강추위에 물이 얼거나
폭설 속에서는 그들도
노숙자가 되나니
지푸라기 이삭들 흩트려 놓아
편히 먹고 잠자게 할지라

생이 고달프면
고향 생각난다고 하지 않던가
그들도 우리와 동향이다
우리는 탯줄 그들은 날개 달고 내려온 것일 뿐

동그라미에 갇히다

때가 되면

그들은 떠날 것이고

우리도 날아갈 것을

---

* 구약 성경 신명기 24장 19~21절.

베일veil

백조 개가 넘는다는 인간 세포

하나하나 싸고 있는 불투명의 언어들

가슴 설레게 하는 연분홍 얼비침이나

혼을 훔쳐 가는 향기로운 입술까지도

신비한 베일 속에 가려져있다

한 겹 걷어 낼 때마다

겹겹이 싸고도는 모순들

우주의 속껍질까지 다 벗겨보겠다고

덤벼드는 짓

생명의 살갗을 만들고 사랑의 베일을 두른다고

날마다 발버둥 치는 일 모두가

베일의 모서리를 움켜잡고 서로에게 끌어당기는

힘의 여정일 뿐

낙엽

말 없는 기호들

떼굴떼굴 광장에 모여들고

숱한 사연들 산골짝마다 쌓여간다

삶이란 기억을 쌓는 일

풍성하다는 것도

기실 그 속에 고운 색깔 짜 넣는 것

때가 되었노라

손짓하는 지평선 너머 일몰의 시간

다 비워내고

외줄 인연마저 뚝 끊었다

영원으로 가는 삶

색이 다 빠져버린 이제부터

입신入神의 경지를 향해간다

정건식

지나온 발자국 속에 지금까지의 언어들
곱게 덮어놓고 어느 멋진 가을 날
흐드러져 송송 뚫려진 가을 낙엽에
또 다른 언어 채워 논다

+ 시 작품 | 코로나19 | 의자 | 만선 | 밤에 듣는 노래 | 잡초

경기 출생. 2018년 계간 『문파』 시부문 등단. 수상 : 동남문학상 수상. 저서 : 공저 『풍경 같은사람』
외 다수.

코로나19

수만 가지 크레용으로 수를 놓았던 골목
빗물에 씻겨 지쳐버린 채 눈물 고여 있다

텅 빈 거리로 뛰쳐나온 슬픈 색소폰 곡조는
하염없이 밤길을 방황한다

비틀거리는 발자국 소리
비염 섞인 웃음과 눈물

흥겨움과 낭만이 숨 쉬는 곳

휘황찬란한 불꽃 찾아오는 경적 소리 없다

빈 택시 지붕에 불 켜진 채
빗줄기 등대가 되어버린 밤거리에서 꾸벅꾸벅

행복 찾는 이들 틈을 서성이는 코로나19
그만 가라

의자

둘이 앉기엔 작은 의자
석양빛 물들이고

추억을 나누며
낭만을 즐겼던 그 의자

내 어깨에 기대어 앉아 별빛 같은 사연
훌훌 풀어내던 휴식처 같은 작은 의자

어깨 맞대면 포근했던 작은 의자

지금
당신 곁에 있는 내가
그 의자

만선

삭풍 안은 채 오징어 배
닻 올렸다

바다에서 건져 낸 향기 한 줌
갈매기들 기웃기웃

바다를 서성이던 바람 파도에 실려 가고

아낙은 물길 따라나설 뱃머리에
두툼한 손맛 걸어 논다

어부는 닻 올리고 햇살 가슴에 담는다

소박한 바람은
만선

밤에 듣는 노래

별들 속삭이는 고요한 밤
풀벌레들 울음소리에 귀 기울인다

바람 타고 밀려드는 파도 소리

가을 향기 안고 온 악사들
음정 조율하고 있다

별들과 풀벌레의 화음
오르내리는 소리 감미롭다

황홀경에 빠져 가슴 벅차오른다

낭만과 여유로움이 어우러진
밤에 듣는 노래

잡초

황량한 황무지에 매몰차게 부는 바람
마치 옷 입은 듯 겹겹이 둘러매고 있다
위를 올려다보면 올라가지 못할 하늘이요

눈을 내려 보면 말없이 서 있는 조그마한 발뿐
흙을 비비며 살다 햇빛 나면 툴툴 털어버리다
더 이상 갈 곳 없어 이렇게 황량한 들판의
잡초로 살고 있지 않나 싶다

인생은 다 그런 것 같다

피할 수 없는 천재지변 속에서 짧다면 짧고
길다면 긴 목숨 헐떡거리며 살다 죽는 것이 아닌가
아무것도 가진 것 하나 없이 욕심내어
배냇저고리 하나 얻고 멋대로 산다
갈 때는 뒤돌아보지도 않은 채
올 때처럼 빈손으로 황량한 그 자리에 잡초로

그렇다

남지현

귓가를 스치는 바람의 속삭임에
떨어지는 낙엽을 보며
눈시울이 붉어지는 날 ~!

+ 시 작품 | 회상 | 빨래터 | 불청객 | 이명 | 무너진 성

P R O F I L E

경기 여주 출생. 동남문학회 회원. 저서 : 공저 『껍질』『풍경 같은 사람』 등 다수.

회상

햇살이 눈이 부신 날
주름진 얼굴로 거울 앞에 선다
가슴에 묻어 둔 푸른 꿈들
조각 난 별이 되어버린 지 오래

나이만큼 삶의 무게 느껴지는 날들
잠 못 들어 뒤척이는 밤 쌓이고
허공을 맴돌다 떨어지는 바람 소리

언제 여기까지 왔을까

빨래터

길쭉이 넙죽이 세모 네모
옹기종기 빨래터에 둘러앉아
수다를 떠는 우리 동네 아낙네들

앞집 곽 영감, 뒷집 귀레 어멈
걸음걸이 말소리 흠잡다 깔깔대기도 하고

시집살이 설움에 겨운 빨랫감 한 보따리
풀어놓고 커다란 방망이로 사정없이 두들긴다

오늘도 변함없이 울려 퍼지는
우리 동네 빨래터 아낙네들 방망이질 소리
가슴에 쌓인 울화가 후련하게 날아간다

불청객

환절기에 찾아온 한파가 온몸을 덮쳤다
콜록콜록 기침소리 터질 듯 부풀고
뼈마디까지 열꽃이 피어나다가
시베리아 벌판 벌거벗고 서 있듯
머리끝까지 차오르는 한기가 오르락내리락한다

링거 줄 주렁주렁 꽂고 주삿바늘과 한판 씨름을 한 지
일주일, 불청객이 물러가고 커튼이 열렸다
창밖의 햇살이 이리 환한지 몰랐다

이명

한 여름 내내
요란한 매미소리로 울고

비 오는 날엔
청개구리 합창 소리로 찾아와

쓸쓸한 가을밤이면
사랑을 부르는
귀또리 날갯짓 소리로 젖어 드는

언제부터인지
어머니 귓속에 집을 짓고 살고 있는
불청객의 횡포로
오늘도 어머니 잠 못 이루시겠네

무너진 성

고독이 스며드는 밤
어둠이 짙게 깔린 골목
가로등 불빛 사이로
소리 없이 다가오는 그림자

오랜 세월 쌓아온 성
한순간 산산이 부서진다
처마 끝에 매달린 풍경
초점을 잃고 바라보는 그대

삐그덕 거리는 흔들의자에
고단한 짐을 내려놓는다
다소곳이 포개어 얹은 담요가
그를 위로한다.

김미향 (태희)

깊숙이 접어든 낙엽의 계절,
많은 것 욕심내지 말고
내게 주어진 만큼 소중히 여기고
예쁘게 채워가기를

+ 시 작품 | 세월 | 꽃의 말 | 상처 | 비는 내리는데 | 비가 옵니다 | 살얼음판

+ 수필 작품 | 엄마 | 바닷가에서

P R O F I L E

경북 울진 출신 동남문학회 회원. 저서 : 공저 『호수 건너 아파트 숲 작은 초가집』.

세월

세월이 남기는 것은
추억, 안타까움, 그리움이다

못다 이룬 꿈 때문에
발 동동 구르던 때가 눈앞에 스친다

세월이 흘러가도
아무런 후회가 없다면

가슴 따뜻한 온기가 남고
지나온 세월을 뒤돌아본다

오랜 꿈에서 깨어나듯
개운한 마음

김미향

꽃의 말

무엇엔가 홀리듯 베란다로 나갔다
예쁜 꽃이 피어있었다

혹, 나를 부르는 걸까?
일상처럼 매일 인사했던 화초들이
이젠 나를 부른다

화사하게 핀 노오란 난꽃
순수한 아이와도 같다
시들지도 말고 떨어지지도 말고
영원했으면

상처

싱싱한 한 포기의 배추가 있다
반을 자른다
푸릇푸릇하고 달콤하고 고소한 속

이 세상 어떠한 것보다도 달콤하다
한입 덥석 깨물어 본다
혀끝 사이에 고소한 맛이
입안을 가득 채운다

소금을 뿌렸다
그 싱싱하던 배추는 어느 순간
힘없이 숨을 죽인다
마음의 상처가 깊다

비는 내리는데

장미비가 쏟아져 내릴 때면
그 빗속을 헤치며
어디론가 달아나고 싶어진다

세상이 다 젖어 버렸는데
내 마음은 너무나 메말라
적셔 줄 사람을 찾고 있다

비가 내리면 내릴수록
세월의 한 모퉁이에 쪼그려 앉아 있는 나는
점점 갈증이 느껴진다

온 세상이 젖을 만큼 다 젖고
흘러내릴 대로 흘러 내려가는데
하늘은 사랑을 주지 않고
외로움이 가득하다
쏟아져 내리는 빗소리보다
누군가와 속삭이고 싶다

비가 옵니다

동심이 뛰어놀던 운동장엔
동그라미 그리며 떨어지는
그리움의 비가 흔적을 남기고 있습니다

몸 시리게 쓸쓸한 풍경
가슴속에 베어 이는 애달픔
잿빛 하늘 맞닿을 곳엔
젖은 그리움이 낮게, 아주 느리게
멀리 여울져 희뿌연 실연의 바다가 됩니다

떠나간 사랑은 목마른 갈증
유리창에 눈물을 그리며
내가 사랑한 것은
질투와 시기, 소유욕 뿐
지나간 사랑은 그렇게
찢기는 아픔만 각인한 채
오늘도 비 되어 씻기어 갑니다

살얼음판

서그적서그적 살얼음이 끼어 있다
눈먼 장님이 지팡이로 툭툭,
조심스레 두드리며 걷는다

당장 내일 무슨 일이 생길지
바로 1분 후에 무슨 일이 있을지
어느 누구도 알 수 없다

알면서도 두드려 보고
몰라서도 두드려 보고

장담할 수 없는 우리의 미래
삶은 눈먼 소경이다

엄마

밤새 잠을 뒤척이다 새벽녘에 베란다로 나갔다. 며칠 동안 화초에 물을 주지 못한 것이다. 무엇이 그리 바쁘게 사는 건지 나는 목마르면 시원하게 물을 마시면서 나의 손길만 기다리는 화초에게 너무 무심했던 것 같다. 베란다 문을 여는 순간 깜짝 놀랐다. 난에서 노란 꽃이 피어 있었다. 그 꽃을 피울 동안 나는 그만큼 무심했던 것이다. 미안한 마음에 "미안해."라며 촉촉이 젖을 만큼 목마름을 없애 주었다. 꽃이 웃는 것 같아 내 마음 또한 뿌듯하다.

오늘은 요양원에 있는 엄마를 면회 가는 날이다. 전 날 만들어 두었던 약식과 식혜를 차에 실었다. 코로나 때문에 요양원에 가지 못한 기간 동안 엄마가 우리를 잊어버리지는 않았는지 기억을 하려는지 떨리는 마음으로 엄마를 향해 달렸다. 비대면 면회라서 유리문을 사이에 두고 인터폰으로 엄마를 불러야 했다. 여동생과 나는 "엄마, 엄마." 그런데 뜻하지 않게 "야들아, 내 새끼들 왔나~ 너거들 밖에서 뭐하노. 어여 들어 온나." 하시는 것이 아닌가.

엄마는 3년 전 뇌출혈로 인해 혈관성 치매를 앓고 계신다. 그래도 너무 감사한 것은 지금은 나와 막냇동생을 딸이라고 알고 있다. 이름이 무엇인지 몇 번째 딸인지는 몰라도 '내 새끼'라는 것은 인지하고 계신다. 너무 감사하다. 쓰러졌던 때는 깨어나서 나를 엄마라고 불렀던 엄마다.

김미향

지금은 많이 호전되어 우리가 딸이라는 것을 인지하고 계시다. 막내가 엄마라고 부르면 "오야 어서 들어온나"라고 답하신다. 이 순간 내가 하염없이 흐르는 눈물은 엄마에게 감사한 마음 때문일 것이다. 더 이상 진행되지 않고 지금처럼만 제발, 지금처럼 우리를 부를 수 있길 바라는. 지금처럼만⋯.

화초는 새싹이 나고 꽃이 피고 시들어 떨어지면 다시 피련만, 왜 우리의 삶은 한 번만이 존재하는 것일까. 삶이 지고 나면 두 번 다시 돌아오지도 돌아올 수도 없는 곳으로 가 버리는지. 면회를 마치고 요양원을 나오는 발걸음이 무겁다. 가슴이 저려 온다. 엄마의 일주일이 아무 탈 없이 무사하길 간절히 기도하며 엄마의 곱고 우아했던 모습을 다시금 그려 본다.

바닷가에서

      오늘 하루 일상에서 벗어나기로 했다. 드넓은 바다로 향한 나는 마음만은 스무 살 소녀처럼 들떠 있다. 선착장에 도착한 나는 망망대해 바다를 보면서 부푼 가슴이 주체 되지 않았다. 조그마한 배에 몸을 실어 어느덧 끝이 보이지 않는 바다 한가운데 도착하였다. 아무것도 없는 바다 그저 출렁이는 파도와 하늘을 날아다니는 갈매기뿐, 아무것도 없다.

     몇 해 전 이맘때였을 것이다. 나는 친정아버지의 죽음으로 바다를 접해야 했다. 아버지의 유골이 제주도의 푸른 바다에 뿌려졌다. 너무나 가슴 아픈 아버지의 죽음, 평생 아니 영원히 내 곁에 계실 줄로만 알았던 아버지. 어느 날 내게서 아무런 예고도 없이 아버지가 떠나가셨다. 나의 마음에 아련한 기억만을 남기고 가셨다.

     나는 어릴 적 제주도에서 자랐다. 아버지와 자주 찾았던 바다였다. 제주 용두암 옆이 우리 집이었기에 항상 아버지는 바다를 찾을 때마다 인생이란 저 넓고 푸른 바다와 같이 파도가 칠 때와 잔잔할 때를 비유하면서 많은 것을 일깨워 주셨다. 그래서인지 나는 바다를 좋아한다. 내가 슬플 때나 기쁠 때 괴로울 때나 외로울 때 늘 바다를 찾아 아버지가 하시던 말씀을 기억해 내곤 한다. 그리고 나면 한결 마음이 편안해지는 것 같다. 같이 온 가족들은 낚시를 하고, 나는 한쪽에 앉아 많은 생각에 잠겨있다.

     저 하늘을 날아다니는 갈매기들은 과연 무슨 생각을 하고 대화를 할까, 출렁이는 파도는 무슨 의미로 자꾸 작은 배 언저리를 부딪치는 것일까. 지금 나의 마음은 갈매기가 되어 저 하늘을 훨훨 날고 싶다. 그러면 갈매기들과 친구가 되고 그들과 대화를 할 수 있을 것이고 아니면 파도가 되어 파도들의 대화를 들어보고 싶다. 하지만 나는 이것도 저것도 할 수 없는 인간이기에 그저 울고만 싶을 뿐이다.

저녁 무렵 싱싱한 생선에 자연산 홍합으로 허기진 끼니를 채웠다. 후둑후둑 떨어지는 빗줄기에 서둘러 뱃머리를 돌렸다. 아쉬운 마음이었지만 오늘 하루 내 작은 가슴을 넓은 바다에 조금은 털어내고 돌아온 것 같아 홀가분하다. 아버지의 아련한 추억도 가슴 한 켠에서 다시 한번 꺼내어 볼 수 있었던 하루였다.

신서연

"시절인연" 모든 인연에는
오고 가는 때가 있다.
시가 내게로 온 어느 날 언 땅 비집고
빼꼼히 얼굴 내미는 새싹처럼
그렇게 또 다른 인생의 움틈이었다.

+ 시 작품 | 움틈 | 먹의 닮음 | 거연히 가을

내 안의 나무 | 잊으라

PROFILE

충남 광천 출생. 동남문학회 회원. 동남문학회 총무.

움틈

한마음 내어 나무 한 그루 심는다

봄
여름
가을
겨울
그리고 다시 봄

겨우내 말라버린 나무 비집고
움직이는 그 무언가

해에서 뿜어내는 빛의 기운과
하늘 물이 스며들 때
가슴이 열리고 땅이 흔들린다
살갗을 찢고 새살이 나오는

움틈이다

혹독한 추위가 있어 그 빛 더하는

가시 바람 불어 나무속으로 깊이

침전하는 동안 강건하고 담백했을

새살

넓게 퍼진 울림이 내려앉을 즈음

연꽃 아래 진흙처럼

숲 품은 큰 나무 되리

먹의 닮음

하얀 화선지 문진으로 지긋이
누르고
붓으로 너의 이름을 아픔이라 쓴다

천천히
한 자 한 자
써 내려가는 시간
겸허해지는 나를 본다

손끝에 묻은 먹 향을 닦아내며
지워도 지워지지 않는 너를
잊을 수 있을는지

아파서 너무 아파서
사랑이 아니라고
에둘러 부르짖는 절규가
더 깊은

사랑의 반의적 표현이었다는 것을
너는 짐작이나 할까

먹의 닳음으로 얻은 먹 향으로
다른 이들에게 서의를 전한다

나의,
닳음으로
네가 행복할 수 있다면
그렇게 초연히 소멸되어가리

거연히 가을

커피향 낮게 깔리고
그리움이 짙어질 때
그렇게 나 흔들려 주리라

이 쓸쓸함이 또 한바탕 휘젓고 가겠지만
언젠가처럼
또 흔들려 주면 되겠지

창백한 커피 잔에 잔향마저
희미해졌을 때
거연히 가을은 깊어간다

내 안의 나무

내 안의 나무가 또 투정을 부린다
바라봐 달라고
안아 달라고
오롯이 자기만 사랑해 달라고

웃는 나무가 자장가를 부르며
머리를 쓰다듬어 주면
스르르 잠이 든다

가여운 것
혼자서는 걸을 수도
먹을 수도 없는
갓난쟁이

언제 다 키우지

잊으라

이곳에 머물러
하나 되는 바램 있으나
바람은 쉬이 머물 수 없는 것을

손가락 사이로 빠져 나가거든
잡으려 하지 마시게

바람결에 아련한 내음 불어오면
잠시,
취해 그리워함으로 만족하고

잊으라

동그라미에

갇히다

동그라미에
갇히다

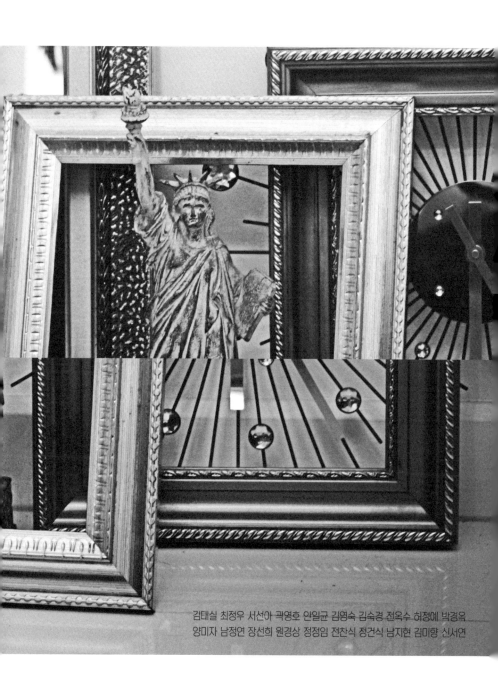

김태실 최정우 서선아 곽영호 안일균 김영숙 김숙경 전옥수 허정예 박경옥
양미자 남정연 장선희 원경상 정정임 전찬식 정건식 남지현 김미향 신서연

동그라미에 갇히다

동남문학회 지음